JN007164

小狐丸
KOGITSUNEMARU
Illustration 人米

タクミ
ちょっぴり臆病な本作の主人公。
剣と魔法の異世界に転生したが、喧嘩もしたことがないので生産職を究めようと決意する。
ルル
日本人勇者のアカネに仕える、猫人族の侍女。
アカネ
地球から召喚された勇者の一人。
アイドル並みに可愛い。

登場人物紹介
CHARACTERS

フローラ
タクミとマーニの子。

エトワール
タクミとソフィアの子。

春香
タクミとマリアの子。

タクミの家族&従魔
TAKUMI'S FAMILY & FOLLOWERS

ソフィア
マリア
マーニ
カエデ
ベールクト
フルーナ
ツバキ
タイタン

1　大陸南端の未開地、開発始まる

トリアリア王国とサマンドール王国、神光教による未開地開発が計画されていると知ったものの、現時点では聖域周辺に影響が及んでいない事もあり、ウェッジフォートやバロルは落ち着いている。

ユグル王国にある世界樹と、聖域の精霊樹による地脈を通しての浄化も進んでいるのか、未開地の魔物も魔境から出てくる事が少なくなっているらしい。

そんな状況下で水の大精霊ウィンディーネに頼まれた海底遺跡探索は、僕――タクミにとっても聖域にとっても、実りの多いものとなった。

なにせ、超希少金属のオリハルコンが手に入ったからね。土の大精霊ノームの鉱山からもオリハルコンは産出されるけれど、その量は多いとは言えない。

そもそも聖域以外では、握り拳大のオリハルコンの鉱石が、宝物庫に大事に収蔵されているレベルで希少なのだそうだ。

海底遺跡から持ち帰った魔導兵器……という名のオリハルコンの塊は、僕が既にインゴットにしてある。二度と兵器として使えないようにね。

ノームやウィンディーネには、兵器の形で残さない方がいいと言われていた。大精霊が言うんだから、それだけのシロモノって事だね。

レーヴァも大量のオリハルコンを見て喜んだけれど、それを直ぐに使うつもりはなさそうだ。僕だって、軽はずみには使えないので、しばらくは倉庫の肥やしになるんだろうな。

それと家族が増えた。つい先日、同時に産気づいたソフィアをはじめ、僕の奥さん達が、無事出産を終えたのだ。

イルマ家だけでなく、当然のように聖域全体もお祭り騒ぎになったのは仕方ない。

娘のエトワールや春香、フローラも、弟や妹の誕生にテンションが上がって嬉しそうだった。

よく弟や妹が産まれると、赤ちゃん返りするって聞いていたけど、エトワール達に関しては心配いらなかったみたい。

海底遺跡からのオリハルコンの回収に成功し、僕達が日常に戻った頃、活発に動き出す者達がいた。

◆

大声で指揮官が指示を出し、兵士達がそれに応える。

「索敵怠るなよ！　盾持ち、後ろへは絶対に通すな！」

「「「ハッ！」」」

タクミ達が海底遺跡のオリハルコンの回収に動いていた頃、それはとうとう始まった。

大陸の中央付近に位置するトリアリア王国から、大勢の兵士に守られた土木作業員が、街道を造りながら南西方向の未開地へと進軍を開始した。

土木作業員には、トリアリア王国の魔法師団も含まれており、魔法と人力の両方で可能な限り迅速に作業を行っていく。

本来、トリアリア王国の魔法師団は、バーキラ王国やロマリア王国、ユグル王国のように、魔法で土木作業などしない。魔法使いは、特権階級だという認識がいまだに強い国だった。

ただ、今はそんな事を言っていられる余裕がトリアリア王国にはなかった。

その三ヶ国は旧シドニア神皇国の復興において、魔法師団や冒険者の魔法使いまで動員し、土属性魔法による街道や建物の建設を行っていた。その事実を知ったトリアリア王国やサマンドール王国の人間は、選ばれし魔法使いに対してなんと愚かな扱いをしているのだと馬鹿にしていた。

ところが、その復興のスピードを知り、驚愕する。

ここに至ってやっとトリアリア王のマーキラスや軍務卿のバラカンが強権を振るい、魔法師団を動員したのだった。

しかも今回は、神光教の全面バックアップのもとでの開発事業だ。全盛期よりも人数が減ったとはいえ、回復魔法が使える神官を多く有する教会のお陰で、兵士の損耗は最小限に抑えられる。

こうしてトリアリア王国史上初めての、侵略戦争ではない大規模な軍事行動が開始された。

それは大陸南端に位置するサマンドール王国も同じ。旧シドニアと国境を接していながら、復興事業に少しも噛めなかった事もあって、労働力は余っていた。

実際、神光教、トリアリア王国、サマンドール王国が合同で行う未開地開発事業は、衰退の道をたどっているサマンドール王国にとって、願ってもない機会だったのだ。

トリアリア王国が未開地の南端へ向けて工事を開始したのに合わせ、サマンドール王国からも、多くの人員が動員され始めた。

トリアリア王国とは異なり、その主力は職にあぶれた国民で、その護衛にはサマンドール王国の貴族が派遣する私兵と傭兵がつく。一応、冒険者の魔法使いを雇ってはいるが、その数は多くない。

そもそも魔法使いは希少であり、その大部分は貴族の出なので、冒険者で魔法使いというのは少ない。しかも、実力のある冒険者はバーキラ王国やロマリア王国で活動するため、サマンドール王国で活動する冒険者の魔法使いとは、よほどのもの好きか、能力が高くない者ばかりだ。

とはいえ、サマンドール王国側から未開地を開拓するルートは、トリアリア王国のルートよりも魔物が少なく、難度的には多少低いため、結果的に工事の進捗は同程度だった。

大々的な出陣式を行い、兵士達を見送ったトリアリア王マーキラスは、執務室で満足そうな表情を見せていた。

軍務卿のバラカンがにたにたと笑みを浮かべ、マーキラスに話しかける。

「陛下、国民に希望を抱かせるという意味でも派手な出陣式にしてよかったですな」

「ああ、これで王室を批判するばかりの貴族連中も、未開地開発に人と金を出すだろう」

未開地の開発は絶対に成功させるつもりだが、王国の状況が悪化の一途をたどっている事に不満を溜めた貴族達の目を外に向けさせる事が出来て、マーキラスはホッとしていた。

実際、マーキラスの代になってから、トリアリア王国は負け続きだ。

およそ五十年前のユグル王国との戦争は、未開地を行軍するという無茶をしたにもかかわらず、大きな利は得られなかった。

その後、シドニア神皇国と組んで臨んだ、バーキラ王国、ロマリア王国、ユグル王国との戦争は、ボコボコにされて敗れた。

そして邪精霊の御子――バールによって引き起こされた、あの悪夢のような黒い魔物の氾濫による被害。

トドメに、国内全土のエルフや獣人の失踪。

最後の事件は、実際はタクミによる奴隷の解放だったわけだが、いずれにせよ国内貴族の不満は爆発寸前だったと言える。

「食糧の輸入はどうなっている?」

「はっ、サマンドール王国を経由して、魔大陸から大量の魔物肉を輸入しています。保存の魔導具や冷蔵の魔導具を使い、さらに干し肉に加工したものもありますので、十分な量はあるかと」

「ふむ。値段の方はどうなのだ?」

「比較的安い肉を指定して輸入していますから問題ありません」

「ならいい」

もともと食糧はサマンドール王国からの輸入が多いが、未開地開発の計画が浮上してから、間接的にではあるものの、魔大陸から魔物肉を輸入する策に踏み切った。

人族以外は人と認めないトリアリア王国が、獣人族や魔人族ばかりが暮らす魔大陸と取引をする。それだけ今回の事業に本気だという事だ。

その身に内包する魔力のせいか、魔物の肉は腐りにくい。そこに状態保存の魔法が付与された魔導具や冷蔵の魔導具を使えば、船を用いても魔物肉を腐らせずに運ぶ事が可能だった。

その船というのが、聖域が運用する巨大戦艦オケアノスである事を、マーキラスは知っているのだろうか。

◆

その頃、同じトリアリア王国の王都にある神光教の教会でも、ようやく未開地開発事業がスタートした事に安堵している男がいた。

聖職者とは思えないその姿は、まるで成り金の豚。下品なほど派手な法衣でその肥え太った身を包み、ジャラジャラと指輪などのアクセサリーで飾っている。

この男が、現在の神光教会のトップである教皇ユダールだ。

「教皇聖下、トリアリア王国側とサマンドール王国側、両陣営への神官の追加手配をしておきました」

「ふむ、ご苦労。我ら聖職者は、労働者どもとは身分が違うからな。定期的に交代させて疲弊せぬようにせねばな」

「はい。このところ教会内部でも不満は高まっていますから」

トリアリア王国が国内の貴族達に頭を悩ませているのと同じく、神光教の内部も一枚岩ではなくなっていた。

ここ最近の神光教の関係者は、神職とは思えない堕落した者が多い。

戒律を忘れ、酒を飲み、女色に溺れる。金に執着し、高利貸しをする教会もあるくらいだ。真面目に神に祈る者も当然存在するが、そもそも神光教の信仰の対象――邪精霊アナトはすでに存在しない。

今の神光教には、邪精霊が消滅した事を知る人間はいないが。

「現場に酒でも差し入れしてやろう」

「それはいいですね。多めに送ってやれば、土木作業員や兵士達の士気も上がるでしょう」

「ふむ。そうなれば、工事の進捗も早くなるか」

「ええ、それはもう。必ず、皆ユダール聖下に感謝するでしょう」

「そうか。そうに違いないな。ハッハッハッハッ！」

醜く弛んだ顎の贅肉を揺らして愉快そうに笑うユダール。神官達への差し入れに、お酒を選ぶ事に少しも疑問を持たない。

神光教会において、お酒とは神に供えるものではなく、自分達が楽しむものらしい。

未開地までの道のりで、中継地となる砦も造られる。そこには、小さくとも神光教の教会が設置され、新たに開発される未開地の村や街にも同じように教会は建てられる。

教会の数だけ責任者となる神官が赴任する。

イコール、ユダールの勢力が増すという事だった。

トリアリアの王都にユダールの高笑いが響いていた。

◆

トリアリア王国や神光教とは同じようで別の思惑を抱いて、未開地開発事業に参加しているのがサマンドール王国だった。

宰相のモントレーからの報告に、満足そうに呟くバルデビュート王。

「順調のようだな」

「そうですな。何しろトリアリア王国の兵士達が我が国の北側に街道を建設していますから。我らは北を守られているのと変わりません」

軍事力に難のあるサマンドール王国は、圧倒的な力でもって未開地の魔物を駆逐するなど、はなから考えていない。

戦闘は最低限に、魔物除けを埋め込んだ街道と、その街道を守る防壁を築く方針だ。

「トリアリアのマーキラス王や、神光教会のユダール教皇などは、未開地に築く街に希望を見ているようですが、我らは少々目的が違いますからな」

「ああ。未開地の南北を縦断する街道建設。それが成れば、サマンドールは盛り返す事が出来る」

サマンドール王国にとっても、未開地の開発は、それなりに利にはなる。

そう、それなりにだ。

サマンドール王国の本当の望みは、聖域を含むウェッジフォートやバロルとの交易。

「聖域と繋がれば、我がサマンドール王国も持ち直す」

「はい。それにバーキラ王国の進んだ魔導具も国内では高く売れるでしょう」

バルデビュート王が望むのは、精霊樹の素材。

万能薬の素材となる精霊樹は、ユグル王国から流れてきたものを偶然手に入れるしかない。

しかし、バーキラ王国からは万能薬の噂がチラホラと聞こえてくる。だとすれば、素材の出所は聖域しかありえない。

そろそろ老人の域に入るバルデビュート王が切実に願うのものが健康――つまり万能薬なのは、仕方のない事だろう。

一方のモントレーは、バーキラ王国で出回る便利で先進的な魔導具の出所が聖域だと掴んでいる。

聖域と直接取引したいと思うのは当然だ。バーキラ王国を経由すれば、それだけ値段が跳ね上がるのだから。

もし聖域から仕入れた魔導具をサマンドール王国へ販売する権利を自分が得られたのなら、国王の座すら買えてしまうほど儲かるのではと夢想している。

それぞれの思惑が絡んで動き出した、未開地開発。

その事業が及ぼす影響など誰も考えていない。

結果、三陣営のタクミからの評価は下がる事になるのだが、もともと地の底を這う程度の評価だったので、たいして変わらないとも言える。

2 乳母車？

ひと月くらいの間に、次々と子供達が生まれ、我がイルマ家は大変賑やかになった。

ありがたいのは、エトワールや春香、フローラが凄く良いお姉ちゃんをしてくれている事だろうか。

勿論、メイドさん達やソフィアの両親であるダンテさんやフリージアさん、ユグル王国の王妃であるルーミア様や王女のミーミル様。バーキラ王国宰相夫人のロザリー様と聖域騎士団の団長であるガラハットさんの奥さんであるコーネリアさん。うちの文官娘であるシャルロットの母親で、バーキラ王国で爵位を持ちながら何故か聖域に定住するエリザベス様と、僕がこの世界に降り立って初めて人の温もりに触れたボード村から移住したバンガさんとマーサさん夫婦。

皆んな自分の子供や孫のように僕の子供達を可愛がってくれる。

最初に生まれたのは、ソフィアの息子で名前をセルト。もう当たり前のように、僕は名付けの話し合いから弾き出された。おかしいよね。僕が父親なのに。

この世界ではあまり関係ないのかもしれないけれど、セルトはイルマ家の長男だよ。

とはいえ、彼は姉のエトワールと同じくエルフ。そうなるとダンテさんやフリージアさんだけじゃなく、ミーミル様やルーミア様も当然のように噛んでくる。

気が付いた頃には、名前は決まっていたよ。

次に生まれたのはマリアの子供で、この子も男の子。名前はユーリ。種族は当たり前だけど人族だ。

ユーリの時も母親のマリアはともかく、お姉ちゃんになった春香や、ロザリー様やコーネリアさんまで頭を捻って名前を考えていたのに、僕には発言権がなかった。

今度こそとの決意も虚しく、三番目に生まれたマーニの子供は、クルスと名付けられた後に「クルスで良いですよね？」って言われたよ。ダメなんて言えるわけがない。

クルスは姉のフローラと同じ兎人族の男の子。エトワール達が合わせたように女の子三人だったのが、今回は男の子が三人だ。不思議な偶然ってあるもんだね。

そして人魚族のフルーナから生まれたリューカ。人魚族の赤ちゃんは百パーセント女の子なので、リューカも当然女の子。四女になる。

そして最後にベールクトの子がセッテ。有翼人族の女の子で五女。

ただ、リューカとセッテはこの場にはいない。リューカは聖域の海側、人魚族が暮らす区画で育てると決まっていた。

それはセッテも同じ。有翼人族のセッテは、天空島の有翼人族の集落で育てられる。

リューカもセッテも人族やエルフ、獣人族とかなり身体的な差異がある種族なので、僕としては泣く泣く承知したってわけだ。

まあ、海側までは転移で一瞬だし、天空島へも転移ゲートであっという間だから、頻繁に会いに行けばいいだけなんだけどね。


聖域で育てる赤ちゃん三人は、一つの部屋にベビーベッドを三つ並べ、ソフィア達母親とメイドが協力してお世話している。勿論、僕もぐずったら抱いてあやしたり、おしめを替えたりと、エトワール達の時と同じように育児に励んでいる。

赤ちゃんを抱いていると、改めて責任感が芽生えてくるんだよな。僕達親が守ってあげないと命を繋げない存在だからかな。

今日も赤ちゃん部屋を覗くと、三人とも起きていたので、頬を撫でたり手を触ったりしていると、バタバタと足音がしてエトワール、春香、フローラが部屋に入ってきた。

「あっ！　パパだ！」

「パパも赤ちゃん見に来たの？」

「赤ちゃん、いい匂いだねぇ！」

エトワール達は今日も元気いっぱいだな。

「ねぇねぇパパ」

「ん、なんだい」

エトワールが僕に抱きついて上目遣いをしてくる。何かオネダリしたい感じだ。誰だよ、こんなあざとい事を教えたの。

「セッテ達をお散歩に連れていってあげたいの」

「お散歩かぁ……」

すると、それを聞いた春香やフローラも、私も私もとぴょんぴょん跳ねてテンションを上げる。

「わたしもユーリとお散歩したい！」

「わたしも！　わたしも！　クルスとお散歩！」

「ねぇ、パパ。ダメ？」

三人とも僕にしがみついてお願いしてきたので、流石に嫌とは言えない。

「赤ちゃんをベビーカーに乗せてお散歩するかい？」

「パパ、それじゃ綺麗な道しかお散歩できないよ」

「うっ、ま、まあ、それはそうだけど」

ベビーカーはエトワール達の時に作ったけれど、彼女の言う通り、確かにデコボコの少ない道じゃないと使い難い。まあ、聖域の道は綺麗なんだけどね。

ただ、エトワールは聖域のあちこちを赤ちゃんに見せてあげたいのだろう。まあ、赤ちゃんが視力的に見えているかは、この際問題じゃない。弟達を思う、そのエトワールの気持ちが嬉しい。

「……少し日にちが欲しいかな。道のない場所でも散歩できるモノを考えてみるよ」

「ほんと!? ありがとう、パパ！」

弟や妹達に聖域の綺麗な景色を見せてあげたいというエトワールの望みに応える事を決めた。

「じゃあお姉ちゃん、今日は大通りだけ散歩しようよ」

「そうだね。精霊樹と泉、教会を見せてあげよう！」

「うん！　じゃ、行こうか！」

春香とフローラの提案にエトワールが頷くと、三人は僕を置いて赤ちゃん部屋を飛び出していった。ソフィアやマリア、マーニの許可を取りに行ったのだろう。

「では、私達はお散歩の準備をいたしますね」

「ああ、頼むよ」

メイド達がお出かけの準備を始める。

エトワール達だけなら準備なんていらないけれど、赤ちゃんを連れて外出するとなると、色々と用意しなくちゃいけないんだ。


僕もエトワール達に続いてリビングに行くと、ソフィアが出かける用意をしていた。

「タクミ様。少し子供達と散歩に出てきます」

「うん、お願い」

母親三人と娘達三人、ベビーカーに乗る赤ちゃん三人。それにメイドを加えると少し人数が多くて大袈裟（おおげさ）な感じだね。

僕はソフィアに子供達を任せ、工房へと向かう。勿論、エトワール達でも赤ちゃんを連れて散歩出来る乗り物を作るためだ。

「あれ？　タクミ様。どうしたであります？　急ぎの納品はなかったと思うであります」

「うん。エトワールからのリクエストでね」

もう工房のヌシのようになったレーヴァが工房に入ってきた僕を見て首を傾げたので、笑って答える。確かに、パペックさんのところを含め、納品関係は前倒しして済ませてある。子供達と触れ合う時間が欲しかったからね。

「リクエストでありますか？」

「エトワールが弟達を連れて散歩したいらしいんだ。でも、今あるベビーカーじゃ行ける場所が限られてくるだろう。エトワールとしては、聖域の色んな景色を見せてあげたいんだってさ」

「エトワールちゃんは聖域の景色が大好きでありますからな。弟ちゃん達にも見せてあげたくなったんでありますな」

「そうみたい」

エトワールからの希望である、何処（どこ）にでも赤ちゃんを連れていけるベビーカー。

実はもうアイデアはある。つい最近造った、宙に浮かんで滑（すべ）るように進むグライドバイクだ。それをレーヴァに説明する。

「おお！　確かに、グライドバイクなら道のない場所でも振動なんて関係なく行けるであります」

「だろ。しかも動かなくてもいいんだ。浮かびさえすればいい」

「ベビーカーと同じように、人が押すのでありますな」

「そう。赤ちゃんを乗せるんだから、安全性が第一だしね」

ベビーカーの車輪をなくし、グライドバイクみたいに浮かせればいい。あとは持ち手を押せば、

楽に動かせるだろう。勿論、安全に関しては何重にもセーフティーを設ける。

「浮かせる高さは、十センチもあれば大丈夫でありますな」

「う〜ん。一応グライドバイクと同じ二十センチを考えているんだよね」

「ああ、聖域の自然はバリエーション豊かであります。それに対応できるようにした方がいいでありますな」

「そうそう」

いつものようにレーヴァと二人、新しく作る浮遊するベビーカーの仕様を考えていく。

「エトワールちゃん達が押すのであれば、持ち手の部分が伸縮するようにした方がいいでありますな」

「そうだね。それと赤ちゃんを乗せるバスケット部分。今は新生児だけど、二歳くらいでも乗れる物と換装可能にしないとね」

「でありますな。タクミ様の子供は皆んな身体能力が高いので、三歳くらいになると駆け回ってベビーカーに乗る事もないでありますす」

「だね。エトワール達はミニグライドバイクに乗ってるくらいだもの」

そう。僕の前世の記憶では、三歳くらいの子供もベビーカーに乗っていた気がする。新生児なんかの小さな赤ちゃんを乗せるものとは違っていたとは思うけど。

だけどエトワール達は、ベビーカーに乗っていた期間が凄く短い。

特にフローラなんかは獣人族だけあって、走り回るようになるのが早かったからね。もう、この辺は世界が違うと納得しないといけないかな。

ただ、僕はそう思っていたんだけど、レーヴァが少し違うと言ってくる。

「タクミ様。エトワールちゃんや春香ちゃん、フローラちゃんを基準に考えるとダメでありますよ」

「そうなの？」

「そうであります。フローラちゃんは、獣人族基準でも身体能力はずば抜けているでありますよ。春香ちゃんも人族の三歳の身体能力じゃないって、メイドの皆さんが言ってるであります。エトワールちゃんだって、エルフの幼児はあんなに動けないって、聖域のエルフの皆さんから評判であります」

「そ、そうなんだ。王都のお店で情報収集しておかないとダメかな」

何が原因なのかは分からない。僕に原因があるのか、それともソフィア達が種族の中でも優れているのか。まあ、多分だけど創世の女神ノルン様製の僕が原因なのかな。

一度、王都のお店で働いてくれている従業員に話を聞いておこう。

王都には、僕の商会が出しているお店がある。パペック商会にも商品は卸しているけれど、自分のお店でも色々と売っている。赤ちゃん用品なんかもその内の一つだ。

「話が逸れちゃたね。あと必要なのは日除けかな」

「安全面を考えると、結界を組み込むのはアリであります」

「ああ、そんなに強度は必要ないけど、結界は必要かもね。これは商品にはならないだろうから、とりあえずは僕の子達の分があればいいか」

「そうでありますな。二、三年しか使えない赤ちゃん用品にしては、少々高価になりすぎるでありますから」

今回のベビーカーに組み込む魔導具の数は多い。浮遊の魔導具に、防汚、結界。赤ちゃんは体温調節の能力が未熟なので、バスケット内の温度調節。

短期間しか使用しないベビー用品に相応しくない値段になる。

「でも貴族なら買うのでは？」

「ああ、貴族なら買いそうだね。いまだに僕が改良した馬車は売れてるみたいだし」

パペック商会から販売されている僕が改良した馬車は、今もそこそこ売れているらしい。そこそこなのは、もう一通りお金のある貴族に行き渡ったからだ。今は、三台目や四台目を購入する貴族がいるくらいなので、販売数は落ち着いているとパペックさんから聞いている。

レーヴァが言うように、貴族なら少々高価になっても、他の人が持っていない珍しいベビーカーなら是非とも手に入れたいと思うかもしれない。

他の人が持っていないというのが重要で、貴族はそんなつまらないところで、常にマウントを取りたがる人達なんだよね。

「とはいえ、これは我が家の分だけでいいかな。面倒だし」

「赤ちゃんは、何もなくても体調が急変する可能性がありますしね」

「うん。責任云々を言い出す貴族って面倒だろう？」

「で、ありますな」

この世界において乳幼児の死亡率は低くない。

効果の高いポーションの普及と金儲け主義の神光教の撤退で、改善傾向にはあるけれど、乳幼児の体調が急変する可能性があるのは変わらない。

聖域なら僕やアカネを筆頭に、光属性魔法の使い手が一定数いるし、そもそも光の大精霊セレネーが顕現している土地なので、病気になる人は少ない。

だけど聖域の外ではそうはいかないからね。

僕のベビーカーになんの問題もなくても、赤ちゃんに何かあれば変に噛みついてくる馬鹿な貴族が、バーキラ王国にも絶対にいるんだよな。

他所の事は考えないようにして、とりあえず自分達の分を作る事にした。

使用する金属は軽量なミスリル合金にし、部分的に使う木材も軽い木が魔物化したトレント材を使用する。

他にも鳥系の魔物の骨を加工して軽量化を進める。

「品質の良い魔晶石を使うと、どうしても高価になるよね」

「ミスリルやトレント材を使っている時点で一緒であります」

「それもそうか」

色々と付与して強化はするけど、魔導具としては単純な浮遊の魔導具で、しかも乗せるのが赤ちゃんなので、魔晶石は小さい物で十分。

それでも使い捨ての魔石ではなく、魔力の補充が可能な魔晶石は小さくても高価だ。

「バスケット部分には、布地を被せないとね」

「クッション性も必要でありますから、布地の下に綿でも入れるでありますか？」

「魔物素材で良さげな物があれば、それでもいいんだけどね」

布地はカエデにお願いして糸を確保するつもりだ。その部分に妥協はしない。

素材を集めれば後は早い。仕組みもシンプルだし大きさも小さい。一応、一つを錬成してみて、問題がないかレーヴァと二人でチェックする。

問題ないとなると、残りの二つを一度に錬成する。

「錬成」

二台分の素材が魔法陣の光に包まれ、光が収まった後には、二台のベビーカー？　が完成する。

「浮いてるのにベビーカーって変だね」

「まぁ、三つしかないでありますから、名前を付けるまでもないであります」

「それもそうだね」

僕は完成した三台をアイテムボックスにしまうと、子供達の様子を見に行く。

もう、流石に散歩からは戻ってきているだろう。

お昼寝でもしてるかな。それとも勉強の時間かな。

3　賑やかなお散歩

エトワール、春香、フローラが、それぞれの弟を乗せたベビーカー？　を押して聖域を歩いている。

セルト、ユーリ、クルスも、まだお姉ちゃんというのは分からないだろうけど、初めて見る青い空に機嫌は良さそうだ。

当然、子供達だけに赤ちゃんを任せてお散歩するなんてありえないので、今回は昨日以上に大人数だ。

ソフィア、マリア、マーニの母親達に加え、メイドが三人。それと何故かアカネとルルちゃんが、カメラを回している。

最近エトワールが趣味にしている静止画の方じゃなく、あれは動画を撮るカメラだ。

「アカネ、動画を撮ってるのか？」

「ええ、スナップ写真もいいけど、動く姿を残したいじゃない」

「ま、まあ、それもそうか」

「だから編集機をお願いね」

「えっ⁉　動画編集までする気かい？」

「ええ、簡単なエフェクトや音楽も編集できるようにしてよね」

「……考えてみるよ」

「なる早(はや)でね」

「…………」

アカネに編集機をリクエストされた。

カメラを造った後、アカネに動画を撮れるタイプのものを造るように言われて、映写機とセットで錬成したんだけど、それじゃ満足できないみたいだ。

まあ、僕の子供達の映像を残すと思えば、苦にはならないどころか、楽しみではあるけれど……

「ほーら、アレが精霊樹だよ」

「アレがウィンディーネの泉だよ」

「ほらほら、おっきな教会だよ」

まだ言葉も分からないセルト達に、それでも嬉しそうに聖域を案内するエトワール達。

少し離れてソフィア達母親が優しく見守っている。

その周りをカメラを構えて動き回るアカネとルルちゃんが気になるけど、動画の編集までしてくれるのなら、まぁいいか。

僕達が赤ちゃんを連れていると聖域の人達が知ると、集まってきては代わる代わるセルト達の顔を見て声をかけていってくれた。


「ほら、ここがお姉ちゃんのお気に入りの場所なの。精霊樹と精霊の泉が綺麗に見えるんだ」

「あら、エトワールは良い感性してるわね」

「緑が綺麗でしょう？　お姉ちゃんを褒めてもいいのよ」

エトワールが聖域の中でも大好きな場所に着き、その景色を弟達に説明していると、ウィンディーネとドリュアスが現れた。

「本当、相変わらずタクミちゃんの子供達は、精霊に好かれるわねぇ」

「そうね。タクミ自身はノルン様の気配を感じるから精霊が集まるのは当然だけど、子供達も負けてないものね」

「えっ!? それ聞いてないけど」

突然、ドリュアスとウィンディーネから爆弾が放り込まれ、僕は唖然としてしまう。

いや、僕からノルン様の気配を感じて精霊が集まっているなんて知らないし、子供達まで精霊に好かれているっていうのも初めて聞いたよ。

「今さら何を言ってるのよ。エトワール、春香、フローラの三人には、私達大精霊が加護を授けていたじゃない」

「あ、ああ、だから属性の適性がとんでもなくなったのは分かってる」

「お姉ちゃん、新しく生まれた五人の子達も祝福したのよ～」

「えっ、セルト達も……五人全員……」

生まれたばかりの五人の子達は、もう既に大精霊達からの加護を授かっていると教えられ驚いていると、ソフィアが膝をついて頭を下げる。

「ウィンディーネ様、ドリュアス様。我が子達への加護、ありがとうございます。その大精霊様方の加護に恥じぬ人間に育ててみせます」

ソフィアはウィンディーネとドリュアスに丁寧すぎるお礼をし、宣言した。

その横でマリアやマーニ、メイド達もソフィアにならって深々と腰を折っている。

「いいのよ。タクミには、私達も色々と我儘言わせてもらってるしね」

「そうよぉ～。タクミちゃんの子達は、これからの聖域を護っていくんだから。加護くらいわけないわぁ～」

僕は色々と頼まれたり頼んだりと大精霊達との関係が近いけれど、エルフのソフィアはなかなかそうはいかないみたい。

それは程度の差はあれ、マリアやマーニも似たようなものみたいだ。

ウィンディーネとドリュアスがその場から姿を消すと、僕はソフィアに聞いてみる。

「ねぇ、そんなに僕には精霊が集まってくるの？」

「はい。生まれたての微精霊から下級精霊、中級精霊、上級精霊問わず」

「そ、そうなんだ。じゃあエトワールや春香、フローラも？」

「エルフだけありエトワールが一番仲良くしているようですが、春香やフローラも精霊達から好かれていますよ」

「そうだったんだね……」

ソフィアやエトワールと違い、僕は精霊を見る事が出来ないから気が付かなかったよ。

「全属性かぁ……」

「大丈夫ですよ。属性の適性など些細な事です。エトワールは、タクミ様のように全ての属性の魔法を使いこなしたいという希望があるので別ですが、春香は火の魔法を好みますし、フローラに至っては、ほぼ身体強化しか使いませんから。その程度のものと考えればいいと思いますよ」

「うん。そうだよね。全部の属性が使えるからって、絶対に使わないといけないなんて事はないか。身体強化一択のフローラはどうかと思うけど、子供達が自分で考えて決める事かもね」

「はい」

もう大精霊達の加護については、考えるのをやめよう。

僕がソフィアと話している間にも、聖域の人達が挨拶に来たり、赤ちゃんの顔を見ていったりしている。

ケットシーのミリやララや猫人族のサラ、人族のコレットやシロナ、エルフのマロリーなど聖域の子供達なんかは、エトワール達にとっても良いお兄ちゃんお姉ちゃん。

いつの間にか散歩に参加していて、ちょっとした集団になっている。

「お姉ちゃん。精霊がいっぱいニャ」

「本当ニャね」

「へぇ～、そうニャンだ」

「タクミお兄ちゃんの子供だから当たり前だよ」

見た目は猫だけど、その実、妖精種であるケットシーのミリとララの姉妹には、精霊の存在が感じ取れる。どの程度見えるのかは知らないけどね。

猫人族の少女サラは獣人族で精霊を見る事は出来ないので、不思議そうにミリとララの話を聞いていた。

マロリーちゃんは、聖域に暮らせるエルフなので当然精霊を見る事が出来る。

「赤ちゃん、抱っこしたいニャ！」

ミリとララが赤ちゃんを抱っこしたいと言い出すと、私も私もと声が上がる。

「私も抱っこしたいニャ！」

「少し休憩にしようか」

近くに芝生が綺麗に整えられたスペースがあるので、そこで休憩する事にした。

ソフィア達がメイド達と手早くレジャーシートを広げ、お茶の準備を始める。

メイド達は、空間収納を付与したポーチを持っているので、そこから赤ちゃんを寝かせる布団やお茶のセット、子供達のためのお菓子などを取り出し、あっという間に準備を済ませた。

僕は交代で赤ちゃんを抱っこする聖域の子供達を見て嬉しくなる。この子達も家族なんだなぁと、しみじみと思う。

うん。僕にとってもいい息抜きになった。

こんな日々がずっと続けばいいな。

4 賑やかな未開地

穏やかな日常を送れているなぁと思っていたある日、僕の前に、いつものように唐突にシルフが現れた。

「タクミ、未開地が少し騒がしくなりそうよ」

「……えっと、話がいきなりすぎて意味が分からないよ」

こうして僕の穏やかな日常は破られた。

僕は、妻達とアカネ、ルルちゃん、レーヴァ、そして今回は未開地に関する事なので念のため騎士団からガラハットさんを呼んでリビングに集め、改めてシルフの話を聞く。

まず、ソフィアがシルフに問う。

ソフィアはエルフというだけでなく、実家のシルフィード家が風の精霊と繋がりが強い事もあり、シルフへの対応は凄く丁寧だ。

「それでシルフ様、未開地に異変が起きたのでしょうか？」

「う～ん、異変ってほどでもないのよ。今のタクミ達や同盟三ヶ国なら大丈夫だろうけど、一応報告と思ってね」

因みに同盟三ヶ国とは、バーキラ王国、ロマリア王国、ユグル王国の事だ。

「で、何が起こるの？」

僕の問いに、シルフが教えてくれた。

「トリアリア王国とサマンドール王国が、神光教のサポートを受けて未開地の南西端の開発を開始したのは言ったわよね」

「うん。お陰で、旧シドニア神皇国の復興に邪魔が入らないって皆んなホッとしているよ」

今まで他国へ侵略戦争を仕掛け続けてきたトリアリア王国が、珍しく他国に迷惑がかからない未開地の開発に乗り出した事に驚いたのを覚えている。

だけど旧シドニア神皇国の復興作業を邪魔される事がないと分かって、バーキラ王国やロマリア王国もホッとしているのが本音なんだ。勿論、僕達もね。

トリアリア王国が、そうそう変わるなんて思わない。きっと力を蓄えてから、復興が進んだ旧シドニアを併合しようと動くに決まっている。

　今のシドニアには、人も物も少ないからね。

　トリアリア王国が狙うほどの旨味がないうちは大丈夫だけど、トリアリアが力を取り戻し、シドニアが豊かになれば、必ず侵攻しようとするだろうな。

「ただねぇ。結構トリアリア王国もサマンドール王国も本気みたいでね。しかも神光教もジリ貧だから利を得るため全面協力している。未開地の南西部がとにかく騒がしいのよ」

「えっと、それは頻繁に魔物の襲撃があるって事だよね」

「ええ。街道を防壁で囲って、魔物除けを等間隔で設置しているわ。開発後の事も考えた工事だけど、当然魔物との戦闘は頻発しているわね」

「うわぁ……」

　街道を築く際に、防壁で囲い魔物除けを等間隔で設置するとなると、工事には大勢の作業員が参加しているだろう。

　当然、魔法も使っているだろうけれど、トリアリア王国やサマンドール王国は、いまだに人海戦術を好むからね。

　そして人が多くなると、その人を狙う魔物が寄ってくる。

　その魔物に対抗するために雇った冒険者や兵士も多く動員しているだろうし、それはまた魔物を呼び寄せる原因となる。

「神光教の神官が結構な人数、今回の未開地開発事業に参加しているから、犠牲者は少ないけどね。それだけ騒がしいとねぇ」

「もしかして、この辺りまで影響ありそう？」

「当然の事だけど聖域には影響はないわ。魔物如きが、聖域の結界をどうにか出来るわけないもの。だけどバロルやウェッジフォートは多少影響があるかも」

「……うーん、バロルとウェッジフォートの街は魔物が襲ってきても大丈夫だろうけど、そこを行き来する商隊は危ないね」

「多分ね」

バロルやウェッジフォートは、そもそも魔物のスタンピードに耐えられるように造った城塞都市なので、相手がドラゴンでもなければ問題ない。

だが、そこと聖域を繋ぎ、さらにバーキラ王国やロマリア王国を行き来する商隊には危険が及ぶかもしれない。

「まあ、タクミ達がウェッジフォートで経験したスタンピードレベルって事はないと思うわよ。聖域が出来たお陰で、地脈の浄化も進んでいるからね」

「あれ？　あの時って、まだシルフは顕現していなかったよね。だって精霊樹の種子を拾う前だし、聖域のせの字もない時だよ」

「馬鹿ね。私は風の大精霊シルフよ。顕現しなくても太古の昔から存在し続けているの」

「それもそうか」

話を聞く限り、一部の魔物が聖域やウェッジフォート、バロルがある未開地の中央付近に移動してくるのは間違いないみたい。

ただ、結構ギリギリの戦いを強いられた、ウェッジフォートの魔物のスタンピードと比べると数はずっと少ないと、シルフは予想している。

まあ、僕やソフィア達も、あの頃と比べるとずっと強くなっているから、あの時以上のスタンピードがあっても大丈夫だと断言できる。

ソフィアも同じように思ったのか、一つ提案をしてきた。

「おそらくしばらくはイレギュラーな魔物の群れの移動があるでしょう。その対処は、私達に任せてもらえませんか？」

「あっ、ソフィアさん、リハビリをするんですね」

「いいかもしれません。鈍った体を鍛え直したいですから」

マリアは直ぐにソフィアの意図に気が付き、マーニも賛成みたい。

「どうでしょう、タクミ様。今さら、未開地の魔境から出てくる魔物程度、私達なら何の問題もないと思うのですが」

「聖域騎士団からも小隊長に新人をつけて派遣しましょう。ソフィア殿達の足手まといにはならんと思いますぞ」

ソフィアからお願いされ、そこにガラハットさんまで賛成すると、僕としてもダメとは言えない。

ガラハットさんはこの機会を、騎士団の新人教育に使う意図があるみたいだしね。

「そうね。いいんじゃないかしら。一日二日の話じゃなくて、未開地が落ち着くまで少しかかると思うから」

シルフも良い案だと言うので、僕は頷いてソフィアに返す。

「分かったよ。あの子達の都合もあるでしょうが、ベールクトやフルーナも誘うんだろう？」

「はい。あの子達の都合もあるでしょうが、喜んで参加すると思います」

産後のリハビリに魔物退治はどうかと思うけど、うちの妻達はこの世界でもトップレベルだから大丈夫かな。

「心配しなくてもいいわよ。聖域騎士団とは別に、私もたまに参加するから」

「勿論、ルルもアカネ様と一緒に、ソフィア様達を守るニャ」

「あ、ありがとう」

アカネとルルちゃんも参加すると言うので、安心ではあるけれど、ほとんど彼女達自身のストレス解消が目的だろうな。

「それで、未開地に影響がある期間って、どのくらいか分かる？」

「う〜ん。しばらくすれば落ち着くとは思うけど、それでも南西端での開発がいち段落するまで、多少の影響は残ると思うのよね」

シルフの予想では、最初の数ヶ月から一年くらいは、大小の魔物の群れが北へ移動したり、それにより中央付近の魔境に棲息する魔物が騒がしくなったりするらしい。

けれど、だんだんと落ち着いていくだろうとも言った。

「多分ね。知らないけど」

「いや、そこは断言してよ」

「精霊の事ならまだしも、魔物の行動なんて知らないわよ」

「それもそうか」

シルフは、あくまで眷属の風精霊からの情報を伝えてくれているだけで、あとは予測するしかないもんな。

僕がシルフの言う事ももっともだと思っていると、ガラハットさんからも要望が入る。

「イルマ殿。小さめでいいので、騎士達の休憩用の砦を一つお願いできますか。以前のシドニア神皇国とトリアリア王国との戦争で造った砦は、確か更地にしたんでしたな。あれほどの規模は必要ありませんので、バロルとウェッジフォートの南にお願いします」

「ああ、あった方がいいですね。特に新人の訓練なら休憩したり怪我の治療をしたりと色々と使えますし」

毎回、聖域から行軍するのも手間だし、簡易なものでも宿泊する場所があれば便利だろう。

少し前の未開地での戦争では、砦を含めて色々と準備したけれど、場所的に維持するのが大変なので、僕が魔法で更地に戻してある。魔物の棲み処になっても嫌だしね。

ガラハットさん曰く、それほど広くなくていいので、野営よりましな寝床とそこそこの外壁が欲しいとの事。

「倉庫を魔導具にすれば、備品や食糧も劣化させずにストックできるでしょう。タクミなら一日もあれば楽勝でしょ」

「ま、まあ、出来なくはないけど……」

「おお、それは助かりますな。調理器具と水場もあれば、温かい食事が摂れて疲れも癒せるでしょうな」

「ま、まあ、必要ですよね」

アカネから魔導具化した倉庫をリクエストされ、ガラハットさんからも食事関係の要望が上がる。

確かに、倉庫をアイテムボックス化するのは問題ない。

空間を拡張せず、状態を維持するだけならなおさら簡単に出来る。それにガラハットさんが言う調理場や調理器具、水源も必要だと分かる。

でも、そうなるとセキュリティーを考える必要がある。常駐する砦じゃないので、水を調達する魔導具や調理用の魔導具なんかは直ぐ盗難にあいそうだ。

セキュリティーに関して考えていると、アカネが言う。

「戦争に使ったゴーレムが結構余ってるんじゃないの？」

「ああ、それがあったね」

「同盟三ヶ国の騎士団が砦を使用したいなら、ゴーレムに認証させる目印でも持ってもらえばいいんじゃない」

確かに、それなら問題は解決しそうだ。

アカネが言うようにゴーレムを配置して、同盟三ヶ国の面々には味方だと認識されるアイテムを持ってもらおう。

「門番ゴーレムは、別途造ってもいいしね」

「タクミが造りたいだけでしょ」

アカネからツッコミが入る。

まあ、そうなんだけどね。

ボルトンの屋敷や戦争の時以来、ゴーレムはしばらく造ってなかったから。

「ゴーレム造りは、レーヴァも手伝うでありますよ」

「ほどほどにしなさいよ。今あるゴーレムだけでも十分なんだから」

ゴーレム造りにレーヴァも参加を表明すると、アカネがやりすぎるなと釘を刺した。

「アカネ様、それはタクミ様とレーヴァさんには無理な話ニャ」

ルルちゃんは諦め気味だ。

仕方ないよね。僕らは生産こそ本職なんだから。

5　砦とゴーレムと訓練

未開地の南西端開発をきっかけに起こるであろう魔物の移動及び増加。

スタンピードまではいかないレベルだとしても、普通の商隊には被害が出る可能性があるという事で、やって来ました、未開地中央から少し南へ下った場所。

ウェッジフォートからもバロルからも数十キロ程度の距離なので、かなり街に近い位置になる。

とはいえ、普段定期的に街の近くの魔物を駆除している同盟三ヶ国の騎士団も、ここまでは来ない。

ソフィアとマリア、マーニは、魔物の群れを求めてここからさらに南を目指す。

「ではタクミ様、行ってきます！」

「旦那様。行ってまいります」

「うん。気を付けてね」

砦を築くためにここに残る僕に声をかけて出発するソフィア達。

「ソフィア殿達の事はお任せください」

「タクミ、サボんないでよ」

「行ってきますニャ」

ガラハットさんが僕に声をかけ、騎士団の部下を連れて陸戦艇（りくせんてい）サラマンダーに乗り込む。アカネも軽口を叩いてルルちゃんと乗り込み、皆んなは二台のサラマンダーで行ってしまった。

今回、広範囲を移動できるよう陸戦艇サラマンダーを出動させた。

初日の今日は、念のため二台一緒に行動するらしいけど、ベールクトやフルーナが参加して人数が増えれば、二手に分かれて魔物を間引くんだそうだ。

残されたのは、僕とレーヴァ、それとゴーレムのタイタン。いつもの土木作業仲間だ。

「さて、先に線を引こうか」

「早く砦を建てて、ゴーレムを造りに戻るでありますよ」

『マスター、ガンバリ、マショウ』

図面を確認しながら地面に線を引いていく。

今回は、レーヴァとタイタンと協力して四方の外壁を一度に造る予定なので、イメージ頼りにしないで、最初にきっちりと線でアタリをつけておく。

「じゃあ、僕がここから……この辺りまで、半分くらいを受け持つよ」

「では、レーヴァは、この辺りから全体の四分の一を受け持つであります」

『ワタシハ、ソノ、ノコリヲ』

三人で分担を決め、タイミングを合わせて魔法を発動する。

ズゴゴゴゴォォォォーー!!

高さ十五メートル、幅五メートル、一辺の長さ八十メートル四方の外壁が出来上がった。

「ふぅ。上手くいったね」

「完璧であります」

『オツカレサマデス』

「じゃあ、僕は北と南に門を造って、外壁の強化をするよ」

「レーヴァは宿舎と食堂の建物を造るであります」

『ワタシハ、ソウコヲツクリマス』

とりあえず外壁は出来たけれど、これで完成ではない。

門を設置するスペースを空け、そこに鋼鉄製の門を取りつけないといけない。それに加え、外壁と門を強化していく。

レーヴァは騎士団が寝泊まりする建物と食堂を、タイタンは倉庫を造ってくれる。

僕はレーヴァとタイタンと別れ、外壁を内側から強化していく。因みに、砦の外壁の外側、周囲には空堀が出来ている。

錬金術と土属性魔法を併用し、外壁の強化と門の設置を進めていく。

「ふぅ。こんなものかな」

外壁を一周し、門を設置し終えて砦の中を振り返ると、ちょうどレーヴァとタイタンの作業も終わっていた。

「さて、あとは魔導具かな」

「手分けするであります」

レーヴァと一緒に建物内へ魔導具を設置していく。

照明の魔導具を、狭い部屋には一つ、大きな部屋には複数取りつけ、スイッチ一つで点灯、消灯するようにしておく。そうじゃないと不便だしね。

井戸を掘ってもよかったんだけど、運良くいい水脈に当たるか分からなかったので、今回は湧水の魔導具頼りだ。

大型のタンクを建物の上に設置。そこに湧水の魔導具を取りつけ、使う分だけ水が湧き出すようにする。タンクからパイプを引き、水道として使用するのだ。

湧水の魔導具を複数取りつければ、こんな大掛かりな装置は必要ないんだけどね。

素材は自前だし、造るのも自分だから忘れがちだけど、魔導具って世間的にはとても高価なんだ。

僕はそれを安価で大衆に届けられたらって思う。でも、なかなか難しいのが現状だ。

「タクミ様、浄化の魔導具をプリーズであります」

「はい。半分お願い」

「了解であります」

この規模の砦ならトイレの数なんてしれてるんだけど、僕が造るならそんなところで不自由したくないからね。

寝泊まりする建物にもトイレを複数造るのは当然だし、公衆トイレみたいに独立した小さな建物としても用意した。

レーヴァにアイテムボックスから浄化の魔導具付き便器を取り出して渡すと、僕もトイレを設置していく。

因みに、宿泊施設として建てた建物は、騎士団長や隊長格用に個室を造り、トイレとシャワーも設置してある。

あとは申し訳ないけれど四人部屋と二人部屋で、共同トイレと共同シャワーだ。

ひと通り設備を整えると、次は門番ゴーレムだ。

「タイタン。ソフィア達が戻ってくるまで、ここの守りをお願い」

『リョウカイ、シマシタ』

「では、レッツ、ゴーレムクリエイトであります！」

僕はテンションの高いレーヴァを連れて、聖域の自宅工房へと転移した。


一瞬で目の前の景色が変わり、いつもの自分達の工房に到着。気分も落ち着く。

「さて、今回のゴーレムは、そんなに時間がかけられないから、既存のゴーレムのアレンジでいこうと思ってるんだ」

「いいと思うであります。となると決めるのは、素材の金属と持たせる武器、あとはゴーレムのサイズでありますな」

ソフィア達を迎えに行かないといけないので、四方の門を守らせるゴーレム四体に時間はかけられない。

「やっぱり魔鋼かな」

「ミスリルを混ぜてもいいと思うでありますよ」

「ああ、ありだね。とにかく頑丈に造るとなると、ミスリルかアダマンタイトを混ぜてもいいだろうね」

門番ゴーレムは、どうしても風雨に晒されるので、魔鋼よりは錆びにくいミスリルやアダマンタイトの合金の方がいい。

勿論、腐食に対する付与はするけれど、素材自体の性質が丈夫な方がいいに決まっている。

結局、魔法を操る魔物対策として、ミスリル合金製に決まった。とはいえ、合金のベースは魔鋼だけどね。

「魔晶石は、ゴーレムの核となるものと、魔力タンク用の二つでありますか？」

「うん。一応、他のゴーレムと同じく周辺の魔素を取り込んで魔力を補充するようにするけど、基本立っているだけならほとんど魔力は使わないから、それほど大きな石じゃなくても大丈夫だしね。二つ以上使うと、大きくない魔晶石でも、それを狙う人が出てきそうで怖いし」

「でもタクミ様。魔力の認証を行う魔導具を組み込むなら、魔晶石三つになるでありますよ」

「……ほんとだ。忘れてた。うーん、仕方ないか。誰も街から離れた辺鄙な場所にある未開地の砦まで、ゴーレムを盗みに来たりしないだろう。うん、そう思おう」

「まあ、大抵の輩は返り討ちでありますから」

基本、僕が錬成する魔晶石は、大きさは様々だけどその純度は最高だと自負している。

だからそんな魔晶石を複数使ったゴーレムと知られれば、それを盗もうと考える輩も出ないとは言えない。

ただ、レーヴァに指摘されて思い出したけど、魔力の認証をする魔導具を組み込む事が前提のゴーレムなので、その時点で魔晶石を三つ使用するのは避けられない。

まあ、これもレーヴァが言うように、僕らの仲間クラスの強さじゃないと対処不可能なゴーレムだから、大丈夫だと割り切ろう。

「サイズはどうするでありますか？　レーヴァとしては、大きい方がかっこいいと思うであります」

「そうだね。ただ、タイタン級になると魔晶石を大きくしないと燃費が悪いから、それよりは小さくして、二メートル五十センチくらいにしようと思ってる」

「その大きさのゴーレムなら十分威圧感があるであります」

「じゃあ、サイズはそのくらいでいこう」

ゴーレムの大きさは、これまで造ったものと同じような感じだ。それ故、造り慣れているので、錬成して組み立てるのにそれほど時間はかからなかった。

「認証の魔導具は、顔に配置したのでありますな。単眼みたいでいい感じであります」

「そ、そう。ならよかった」

レーヴァからの感想にドキリとする。

何故なら、ショルダーアーマーに草摺のような西洋甲冑の雰囲気に深い緑の配色。そこにモノアイとくれば、そうアレだ。袖付きの主力量産M○。

アカネなら分かってくれるだろう。

カエデの専用グライドバイクを造る時に、赤くて三倍速いなんてネタを教え込んでいたくらいだからな。

「と、とりあえず、残りの三体を纏めて錬成するよ」

「お願いするであります。レーヴァは、手に持たせる武器を見繕うであります」

心の動揺を抑えて言うと、レーヴァはゴーレムに装備させる武器をストックの中から選ぶために倉庫へと向かった。

倉庫は空間拡張され、状態保存の魔法がかけられ、僕とレーヴァの作品や素材のストックが大量に収納してある。

加えて、種類ごとにマジックバッグに整理してある物も多く、僕やレーヴァもそろそろ把握するのが難しくなってきている。

それはさておき、僕は三体分の素材を取り出し、纏めて錬成してしまう。

「錬成！」

一度、造ったものと同じものを錬成するのは難しくない。これも他の錬金術師を知らないから、世間の常識とは違う可能性も高いけどね。

四体のゴーレムを並べていると、レーヴァが戻ってきた。

その手には大きな両刃の斧がある。

「これでいいでありますか？」

「ああ、斧ね。いいんじゃないかな。うちの騎士団でも使うのって、土精騎士団のドワーフか、元冒険者パーティー『獅子の牙』のヒースさんくらいだし、何よりそれはゴーレムサイズだしね」

普通、騎士団で斧を使う人は少ない。騎士と言えば剣だからね。

だけど聖域騎士団には、ドワーフを中心とした土精騎士団があるから、まだ需要はある方だ。

ヒースさんも冒険者時代から戦斧を使っている。

でもレーヴァが持ってきたのは、以前造って余っていたゴーレム用の斧なので、人間が使うには少々大きい。

レーヴァがマジックバッグから残りの斧を取り出し、一体一体に持たせていく。うん、ますます敵側の量産機だな。

「腰の後ろに取りつけられるようにしようか」

「そうでありますな。普段は手に持たず、腰裏に装備している方が、他国の騎士団を無駄に威圧しないで済むであります」

レーヴァがゴーレムに斧の扱いをインストールしている間に、僕は腰裏に斧を留める金具を付けていく。

因みに、レーヴァが行っているインストールというのは、ゴーレム核に各武術の基本的な動きを追加で書き込む作業だ。

最初から、様々な武術の動きを書き込めればいいのだけど、タイタンクラスの魔晶石じゃないと難しい。

しかもタイタンのゴーレム核は、僕達が錬成して書き込んだものじゃなく、もともとは女神様の遺跡を護るガーディアンゴーレムだった頃のものだ。同じものを造れと言われれば可能だろうけれど、タイタンのように自我のあるゴーレムにはならない。

「オッケーであります。砦に運ぶでありますか？」

「ああ、タイタンも待っているし、そろそろソフィア達も戻ってくる頃かもしれないからね」

完成した四体の門番ゴーレムをアイテムボックスに収納し、僕とレーヴァは未開地の砦へと転移した。

◆

タクミとレーヴァとタイタンが砦を築いている頃、そこからさらに南へと向かった場所で、ソフィア、マリア、マーニ、アカネ、ルルを残し、もう一台のサラマンダーが離れていく。

ガラハット率いる聖域騎士団の新人は、もう少し東側で魔物の駆除をするのだ。

「さて、久しぶりの戦闘になりますが、一度経験済みなので問題ないですね」

「そうですね。もう私達もベテラン冒険者ですから」

「フフッ」

ソフィアが剣を抜き、何度か素振りして体の動きを確かめ、頷く。出産は二度目という事もあり、産後のリハビリも二度目なので、自身のサビつき具合も理解していた。

それはマリアとマーニも同じで、何処となく余裕があるのもそのせいだろう。

「即死以外なら治してみせるから心配いらないわよ」

「アカネ様、その言い方はないニャ」

「フフッ、お願いします」

「心強いです！」

腕を組み胸を張って言い放ったアカネのセリフに、ルルがツッコミを入れるも、そこはアカネともそれなりの付き合いになりつつあるソフィアとマリア。二人は笑顔で礼を言った。

「私達を見つけたみたいですね」

「相手の強さが分からないのね。雑魚よ雑魚」

ソフィアが近づいてくる魔物の群れを察知した。ほぼ同時にアカネも察知しており、無謀にも襲ってくる魔物に吐き捨てた。

実際、ソフィア達からすれば、未開地に棲息する魔物はほぼ雑魚になる。

「じゃあルル行くニャ！」

「あ、ルルちゃん！　抜け駆けはダメです！」

ルルが我慢しきれず魔物に向かって駆け出した。ルルにとって今日の任務はストレス解消の運動だった。ソフィア達のリハビリが目的だと忘れている。

飛び出したルルの後をマリアが追いかける。

「さて、私達も行きましょうか」

「はい。他の群れも集まってきたみたいですし」

ソフィアとマーニも追加の群れが近づいてくるのを察知しつつ、駆ける。

「皆んな元気ねぇ。今日は私は楽をさせてもらおうかしらね」

アカネはその場で討ち漏らしを始末するつもりのようだ。


最初に飛び出したルルが短剣を振るう。

ギャンッ！　ドサッ！

接敵したのは、三十頭以上の大きな狼の魔物、フォレストウルフの群れ。

ルルが群れを縫うように駆け抜けると、すれ違う度に魔物の悲鳴が上がる。

「流石ルルちゃん。全部一撃だね！　ハッ！」

ドスッ！　ドサッ！

ルルの後を追ったマリアは、神速で繰り出した槍の一突きでフォレストウルフの頭を貫き、断末魔の叫びも許さず倒していく。

ソフィアとマーニが向かったのは、新たに現れたフォレストウルフの群れ。

「ハッ！」

「フッ！」

ソフィアのロングソードとマーニの双剣が一閃する度に、フォレストウルフの命が消える。

この日は、それぞれが一番慣れた武器を使おうと決めてあった。そのお陰もあり、全員が危なげなく魔物を倒していく。

その後も、ソフィア達は広い範囲を駆け回り、文字通りサーチアンドデストロイで魔物を駆除していき、日がだいぶ傾いた頃、タクミの待つ砦に戻った。

◇

そろそろ日が落ちそうな時間になり、やっとソフィア達が戻ってきた。

二台のサラマンダーからソフィアやガラハットさん達が降りてくる。

「お帰り」

「お疲れ様であります」

僕とレーヴァが声をかけた。

「ただいま帰りました」

「ただいまです」

「ただいま戻りました」

ソフィア、マリア、マーニは流石に疲れているみたいだ。

「はぁ〜、疲れたわぁ」

「楽しかったニャ」

「ハッハッハッ。ルル殿は元気ですな！」

「「「…………」」」

もしもの時の回復役に来てもらっていたアカネも疲れた様子だけど、暴れ回っていただろうルルちゃんは、まだまだ元気いっぱいだな。

聖域騎士団の方も、ガラハットさんは元気いっぱいで大きな声で笑っているが、新人さん達はヘトヘトみたいで声もない。

まあ、そんな事より今はご飯だ。

「さあ、まずは腹ごしらえしましょう」

「バーベキューでありますよ！」

「肉ニャ！」

僕とレーヴァが言うと、先ほどから肉の焼ける匂いに、ヨダレを垂らしそうにしていたルルちゃんが真っ先に飛びついた。

ソフィア達もお腹が空いていたようで、僕が造った簡易なパーティー台に人が群がる。

よく考えたらバーベキューなんて久しぶりだな。

子供達を連れてきてもいいかもな。

6　ムービー

それからしばらく――

ソフィア達と聖域騎士団の新人による未開地の魔物駆除は順調みたいだ。

何故「みたい」かと言うと、僕は基本的に参加していないんだ。

ベールクトやフルーナが参加する事もあるし、カエデが参加する事もあるけれど、僕はいつものように工房にこもっている。

「行ってらっしゃい。気を付けてね」

「では行ってまいります。エトワール、皆んなをお願いね」

「行ってきます。春香も良い子でね」

「行ってまいります。フローラ、勉強をサボってはいけませんよ」

今日も朝から僕と子供達へ声をかけて出発するソフィア、マリア、マーニ。

聖域騎士団との合同訓練なので、行軍も訓練のうちと、僕の転移ではなく陸戦艇サラマンダーを使っている。

サラマンダーでなら、聖域から南の砦まで直ぐだからね。

「じゃあ、今日もガンガン回すわよ！」

「ルルもいっぱい撮るニャ！」

「……目的変わってるよ」

アカネとルルちゃんが、動画用のカメラをそれぞれ持って張り切って出ていった。

ここ数日、アカネとルルちゃんは動画用のカメラを持ち、カメラマンに徹しているらしい。目的が分からなくて怖い。

悪い事じゃないのは分かっているが、嫌な予感はなくならない。

そんな事を思っていると、エトワールから情報がもたらされる。

「アカネお姉ちゃんとルルお姉ちゃん、聖域の色んな場所をカメラで撮ってるよ」

「そうなの？」

なんだか、ますます嫌な予感が強くなる。

「そうだよね。それに私達もモデルしてるもん」

「いーっぱい、撮ってもらってるよね」

「……一度聞いた方がいいな」

◆

聖域騎士団が隊列を組み、魔物と接敵する。

（いいわねぇ！　そう！　そこ！）

声を出すとマイクが拾ってしまうので、その代わりに心の中でノリノリのアカネ。

「ソフィアさん、ズバッとお願いニャ！」

ルルのリクエストに、ソフィアが華麗（かれい）に舞いロングソードを一閃。ルルが上手く撮れたとＯＫサインを出す。

「マリア、素早く何回も槍を繰り出して！」

今度は、アカネがマリアにリクエストすると、それを聞いたマリアが高速の突きを連続で繰り出し魔物を抉（えぐ）っていく。

「マーニさん、今度は縄鏢（じょうひょう）を使ってニャ！」

ルルからマーニへのリクエストは、少々クセのある武器である縄鏢。縄の先端にある短剣のような鏢が、空間を支配し魔物を貫く。

アカネとルルは、タクミに造ってもらったグライドバイクに乗り、未開地を縦横無尽に駆け回り、ソフィア達や聖域騎士団の活躍を撮影していた。

グライドバイクは、地面の凹凸（おうとつ）にほぼ影響を受けないので、撮影にはもってこいだった。


「アクションシーンは、このくらいでいいわね」

「もう十分撮れたニャ」

「ええ、次は聖域の風景とエトワール、春香、フローラを絡めるわ」

その日、十分に満足できるまで撮影したアカネ。

次は聖域でもう少し撮り足したいようだ。

「エトワールちゃん達を撮るのは、タクミ様に叱（しか）られないか心配だニャ」

「もう、だいぶ撮り溜めてるから今さらよ。あっ、ミリとララももう少し撮りたいわね」

「ケットシーは珍しいからニャ」

「可愛いは正義よ！」

タクミに叱られるのもなんのその。可愛い画が撮れれば、タクミもうるさく言わないだろうと、フンスッと鼻息あらくガッツポーズする。

「これで精霊が映れば言う事なしなのニャ」

「それなのよねぇ。精霊で撮れるのって、大精霊達だけだものね」

「シルフ様ニャら、映してもＯＫしてくれそうニャ」

「ノームとサラマンダー、ニュクスは無理そうね。面倒な事は嫌いだもの」

「ダメもとで頼んでみるニャ?」

「……そうね。一度、私から頼んでみるわ」

現状、妖精種であるエルフやドワーフ、ケットシー以外が見る事が出来る精霊は大精霊達だけ。その大精霊の中でも、表に出るのを面倒がるノームやサラマンダー、引きこもりのニュクスは撮影させてくれそうにない。

それでも、一度頼んでみようとアカネは言った。

「それとタクミに編集機を造ってもらわないとね」

「編集機ニャ?」

「そうよ。今まで撮り溜めた映像を一つの作品にするのよ。言ってみればドキュメンタリー映画ね」

「ドキュメンタリー映画ニャ?」

アカネはここ最近撮りまくっている映像を編集し、ドキュメンタリー映画のように作品として仕上げるつもりのようだ。

ルルは、編集機やドキュメンタリー映画という聞いた事もないワードに首を傾げているが、アカネのする事には無条件で賛成なので、深く考えるのをやめる。どうせ形になれば分かるだろう。

「王都の郊外にでも映画館を建てて貴族連中の度肝を抜いてやるのよ！」

「よく分からニャいけど面白そうニャ」

アカネの野望はなかなかに壮大だった。

確かに、今の王都にも演劇や音楽など、高貴な身分の者達が楽しむ娯楽はあるが、流石に映画など存在しない。スチールカメラや動画用のカメラも最近聖域でタクミが造った物しか存在しないのだから当然だ。

アカネはバーキラ王国の王都に映画を持って殴り込むつもりだ。

そのインパクトは絶大だろう。

「そろそろ砦に戻るわよ」

「ソフィアさん達はもう少しかかりそうニャよ」

「お茶でもしてのんびり待つわよ」

「アカネ様、回復役なのを忘れてるニャ」

「いいのよ。怪我なんてポーションを持たせてあるんだし、砦に戻ってくれれば纏めて治してあげるから」

ここ数日の魔物駆除で、聖域騎士団の新人でも大きな怪我をする心配がないと分かったアカネは、自分のやる事は終わったとばかりに砦へ戻る気のようだ。

聖域騎士団の新人が大丈夫なら、ソフィア達が怪我をするわけもなく、しかもタクミとレーヴァが作ったポーションをそれぞれが持っているので万が一もない。

アカネとルルはグライドバイクのアクセルをふかし、砦へと戻っていく。

タクミのまったくあずかり知らぬところで、王都映画館計画が動き出していた。

7 まさかのムービースター？

未開地の魔物駆除からソフィア達が戻ってきた。

「魔物の種類は様々ですが、確実に以前は見なかった魔物が群れで移動していました」

「どの魔物も興奮気味でしたよ」

「魔物自体の強さは変わらないようです。強化種の存在は確認出来ませんでした」

ソフィア、マリア、マーニから一日の報告を聞くと、だいたい予想通り。

トリアリア王国とサマンドール王国、神光教による未開地南西端の開発は、確実に未開地中央部にも影響を及ぼしているようだ。

「トリアリア王国やサマンドール王国の未開地開発が、どの程度続くのか分からないけれど、その期間がイコール中央部への影響がある期間とは言えないから難しいね」

「はい。開発が終わっていなくても、魔物の移動やスタンピードが収まる可能性もありますからね」

ソフィアが言うように、魔物が騒ぐのは最初だけという可能性もある。

まあ、だいぶ希望的な話だけどね。

「ただ、規模の大小はあるでしょうが、魔物が興奮して中央部に移動する現象はしばらく続くでしょう」

「そうか。そうなると、ソフィア達だけじゃなく、聖域騎士団をもっと動員してローテーションでも組んだ方がいいかな」

「そうですね。私達もあまり長く子供達と離れるのも……」

「だよね。うん、ガラハットさんに、聖域騎士団でローテーションを組んで討伐するように伝えておくよ」

ソフィア達の産後のリハビリだった未開地での魔物駆除だけど、あまり長く続くのなら聖域騎士団を動かした方がいいだろう。

エトワール達も、まだまだ母親に甘えたい歳頃だし、生まれたばかりの子供達は言うまでもない。

「話は終わった？」

「えっ？　あ、ああ、一応終わったと言えば終わったけど……」

ソフィア達との話がいち段落した時、待っていたのかアカネが話しかけてきた。

なんだか嫌な予感がするのは気のせいだろうか。こんなところで直感スキルは働かないよね。

「じゃあ、ここからは私からタクミへの依頼ね」

「依頼って、アカネから報酬をもらった事なんてないんだけど」

「動画を編集したいの。前にも言ったけど編集機を造ってほしいのよ」

僕の指摘は当然のようにスルーされ、何を言うかと思えば、以前頼んできた編集機についてだった。

「映写機はあるよね」

「撮りっぱなしの動画を見たい人なんて少ないでしょう。私も子供の頃、両親がビデオカメラで動画をいっぱい撮ってくれてたけど、ちゃんと見た記憶なんてないもの」

「ま、まあ、そうかもね」

確かに、我が子の動画なら見られるだろうけど、それでも何度も見る事はなさそうだな。

そこでふと気になったのでアカネに確認しておく。

「あれ、エトワール達を撮影したものも編集して表に出すわけじゃないよね」

「勿論、出すに決まってるじゃない。聖域の風景にエトワールや春香、フローラは外せないもの」

「イヤイヤイヤイヤ、ダメでしょう」

アカネはさも当然のようにエトワール達を撮影したものを作品にすると言う。

いや、作品にするのはまだいい。僕も見てみたいからね。でも表に出すのは……

だけどアカネは、さらにとんでもない事を言い出した。

「そして王都に映画館を建てるの。動画用のカメラや編集機も売り出すわ。ああ、私達なら魔法でどうとでもなるけど、一般向けに照明機材も必要ね。記録用やドキュメンタリーだけじゃない、物語が映画になるのも時間はかからないわ！」

「なっ⁉　も、もしかして、エトワール達や聖域の映像を王都で上映するつもり⁉」

「ええ、絵や写真になっているんだもの。静止画も動画も大差ないわ」

ソフィア達からも何か言ってもらおうと僕が視線を向けるも、皆んな驚きもせず平然としている。

「あれ？」

僕の感覚がおかしいのか？　ソフィア、マリア、マーニ、レーヴァも何が悪いのかという表情をしている。

「ひょっとして、反対なの僕だけ？」

「フッフッフッ、諦めなさいタクミ。エトワール達にも、もう許可はとってあるわ。勿論、ソフィア達母親の許可もね」

「はぁ……映画という新しい文化を広める事に反対はしないけど、出来れば娘達とは切り離してほしかったな」

「聖域の風景を撮るのに、大精霊の愛し子達を映さないなんてありえないでしょう」

個人情報保護もクソもないな。まあ、そんな考えはこの世界にはないけど。これはもう確定事項みたいだな。僕がごねても変わらないやつだ。

その時、来客があったようで家宰のセバスチャンが案内してきた。

普通、貴族や豪商なんかだと、先触れを寄越してからというのがマナーなんだろうけど、ここは聖域で住民は皆家族みたいなものだ。

僕の家を訪ねてくる人も知り合いばかりで、その辺はフランクなんだよな。

その頻繁に訪ねてくる人が、王女や王妃、宰相夫人や元騎士団長夫人に名誉男爵なんて人達なのはどうかと思うけどね。

「旦那様、ガラハット様とコーネリア様、ロザリー様がおいでです」

「イルマ殿、未開地の件でな」

「私は主人の付き添いですわ。赤ちゃんの顔を見に来ただけですから」

「私も赤ちゃんの顔を見に来たのだけど、アカネさんが面白そうな事を話しているわね」

千客万来か。まあ、ロザリー夫人やコーネリアさんは頻繁に僕の家に来ては、子供達の遊び相手をしてくれるので、珍しい事じゃないんだけどね。

まず、未開地の件で訪れたガラハットさんと話し合う。

「早速だが未開地の件じゃ。実際、魔物の増加とあの興奮状態を考えると、まだまだ間引きを止める事は出来んじゃろう。とはいえ、小さな子供を持つソフィア殿達をずっと拘束するわけにもいかん」

「ええ、僕もそう思ってました」

僕とソフィア達が話していた事を、ガラハットさんも同じように考えてくれていたみたいだ。

「そこでじゃ。聖域騎士団全体でローテーションを組み、訓練にも取り入れようと思っておるが、どうじゃろうか」

「しばらく忙しくなると思いますが、お願い出来ますか？」

「うむ、任された。では、儂の方からヒースを責任者としてチームを選出するよう指示しておこう」

「ヒースさんなら安心ですね。お願いします」

聖域騎士団でローテーションを組んで対応するというのは、僕もお願いしようと思っていた事だ。

ガラハットさんから提案してもらえたので、直ぐに賛成した。

責任者がヒースさんなら何も心配はないしね。

聖域騎士団の方針が決まったところで、我慢できなかったのか、コーネリアさんとロザリー夫人が口を挟んだ。

「貴方の話は終わったわね。次は私達よ」

「アカネさん、映画って何？　動画がどうとか言ってたけれど、動画って絵が動くやつよね」

コーネリアさんがガラハットさんを押しのけ、さっきまでアカネが話していた映画の事を聞いてきた。何処から聞いていたんだろう？

アカネは、嬉々として説明し始める。

「そうです。動く絵に、音楽や効果音を入れて一つの作品にするんです。例えば、物語を演じたりするのもいいでしょうし、今私が撮ってるみたいに、聖域や騎士団の活躍、ソフィア達の魔物退治、エトワール達や聖域の子供達の楽しそうな光景を作品にしたりするのもいいですよね」

「「まあ！」」

「そして完成した作品を、音楽や演劇を専用の建物で上演するように、映画館……映画専用のホールを王都に建てて披露すれば、珍しい物好きの貴族や裕福な人達が食いつくと思いませんか」

「アタルわ！」

「ええ、絶対に流行るわ！」

アカネのマシンガンのように畳みかける説明に、完全に撃ち抜かれたコーネリアさんとロザリー夫人。

「それならその映画館で、エトワールちゃん達のブロマイドを売れば凄く売れると思わない？」

「アリですね。他にも聖域の風景写真を売り出しても面白いかも。エトワールがたくさん聖域の写真を撮ってますから」

コーネリアさんの提案にアカネがうんうんと頷く。

「ねえねえ。王都の音楽団や劇団に機材を貸し出して、独自の映画を撮ってもらうのもありじゃない」

「それこそアリですね。聖域風の音楽団や劇団も増えているみたいですからね」

「そうよ。まだまだ聖域の音楽隊のレベルには程遠いみたいだけど、動く絵と音楽。それなら作品として観るに耐えるモノが出来そうよ」

ロザリー夫人は、早くも聖域の外の人間にも間口を広げられるよう、機材のレンタルにも言及し始めた。

実際、僕の気まぐれから始まった聖域の音楽隊は、それを見た商人や貴族から話が伝わり、パペックさん経由で楽器が普及し、今ではバーキラ王国で最先端の流行となりつつある。

宰相のサイモン様が、宮廷音楽隊に聖域の楽器を導入したのも流行に拍車をかけた。

演劇に関しても、今はなんちゃってオペラみたいなのがあるらしいので、工夫すれば映画に出来なくもない。

「それにうちの人達の活躍する勇姿を世間に知らしめるのもいいと思うわ。聖域騎士団の実力を知る人は基本的に関係の深い味方ばかり。聖域の結界があるとはいえ、この辺でその実力を外に示すのも悪くないと思わない？」

「それいいですね。ガルーダや陸戦艇サラマンダーなんかを使った演習の様子も映像に出来れば、よほどの馬鹿じゃなきゃ喧嘩なんて売ってきませんよね」

コーネリアさんの言う通り、聖域騎士団の実力を示せば、聖域と敵対する勢力も大人しくなると思う。アカネも派手な映像になりそうと考えたのか、飛空艇ガルーダや陸戦艇サラマンダーを使った演習の話までし始めた。

確かに、重攻撃機サンダーボルトによる広範囲の対地攻撃と、急着陸からの滑走路の設置、ガルーダ着陸、サラマンダーの展開なんて、迫力がある絵になりそうだけど……

バーキラ王国国内の貴族で空を飛ぶ乗り物を所有している勢力はないし、陸戦艇のサラマンダーも国内では近衛騎士団とボルトン辺境伯など、僕と関係が深いところに少数あるだけだ。

演習の映像は確かに抑止力になり得るだろう。

なんだか断れない流れになりつつある。

そんな時、また来客があった。

「旦那様、ルーミア王妃様とミーミル王女様が来られました」

「あ、ああ」

「ごきげんよう。今日はまた賑やかね」

「ごきげんよう。赤ちゃんのお顔を見せてもらいに来ました」

もう、勝手にリビングまで案内するのも普通になりつつあるな。セバスチャンもその辺は気にしなくなった。

ルーミア様とミーミル様は、ソフィアが産んだ長男のセルトがエルフという事もあって、エトワールの時と同じように溺愛（できあい）してくれている。

もうルーミア様なんて、自分の孫と言って憚（はばか）らない。その度に、ダンテさんとフリージアさんと言い合う光景は見飽きたくらいだ。

「それで何の話をしていたのですか？　随分と盛り上がっていたようですが」

ルーミア様が尋ねると、ロザリー夫人が簡単に説明する。

「ああ、ルーミア様。アカネちゃんが、動く絵を作品に纏めて上映するホールを造ると言うので、その話で盛り上がってたんですよ」

「詳しくお願いします」

ルーミア様が真剣な表情になり、詳細を求めた。

ああ、嫌な予感がどんどん強くなる。

「お母様、素晴らしい試みではありませんか！」

「ええ、私達の天使エトワールちゃんやセルトちゃんの動く絵を国民に見せてあげたいわ！」

ほーら、どんどん話が大きくなってきた。

ルーミア様とミーミル様がグルンと僕の方を向き、目で訴えてきた。それに加え、ロザリー夫人が立ち上がり、それにコーネリアさんも続く。

「サイモンに王都に広めの土地を押さえさせます」

「私は、息子に連絡して、音楽隊と劇団から有志を募り、映画でしたか、その制作をする商会を立ち上げます」

「勿論、サイモンにも協力するよう話しておきますわ」

ロザリー夫人は、夫であるサイモン様の力をフルに使う気らしい。コーネリアさんの言う息子とは、現近衛騎士団長であるギルフォードさんだ。

近衛騎士団の団長に何をさせるんだろうか。不憫で仕方ない。

二人が段取りをつけていると、アカネが手を挙げる。

「あ、コーネリア様。それ、私も協力しますね。うちの商会なら衣装や魔導具でお力になれますから」

「まぁ素敵。じゃあ、赤ちゃんの顔を見たら、通信の魔導具で連絡を入れるわ」

「そうね。可愛い赤ちゃんの顔を見に行きましょう」

ロザリー夫人とコーネリアさんは善は急げとばかりに、今日の来訪の目的である赤ちゃんの顔を見に行った。

そして、今度はルーミア様とミーミル様がニコリと笑ってアカネに話しかけた。

「アカネさん。動く絵を披露するホール、映画館と言ってましたか。それをバーキラ王国の王都だけではなく、ユグル王国の王都にもお願いできないでしょうか」

「ユグル王国の王都って、映画館を建てられるスペースありましたっけ？」

僕もアカネと同じ疑問が頭に浮かんだ。ユグル王国の王都にそんなスペースがあったような記憶がない。

ユグル王国の王都は、長寿種族のエルフの都だけあり、古くからある建物が多く、新しい建物を建てる場所なんかなかったはずだ。

その疑問に答えたのはミーミル様だった。

「それが大丈夫になったのです。あのホーディア絡みで取り潰した貴族の屋敷や、ホーディア本人の屋敷が空いてますから。王都でもいい場所です」

「「ああ」」

世界樹を焼くという暴挙をしでかしたホーディア元伯爵。

彼が悪事に手を染めていたという事は、その手足になっていた者や、協力していた者達も当然いた。そんな貴族や商人が潰され、王都の一等地が空いているらしい。

そもそもホーディアの元屋敷もかなりの敷地面積だったそうで、それなら映画館くらい建てるスペースはあるね。

いや、もう映画館を建てるのが確定しているんですけど。

「タクミ、諦めなさい。ソフィア達も反対していないんだから、誰も反対なんかしないわよ」

「……はぁ、まだ編集機の影も形もないのに、映画館の場所だけ決まっていく」

「そうそう、映画館は聖域が一番だからね。バーキラ王国とユグル王国は、どちらが先に環境が整えられるかで決めましょう」

素直に頷きたくないけれど、今回は僕が足掻(あが)いても無理だな。

「動画用のカメラと照明機材、編集機は余裕を持ってお願いね。私とルルで、バーキラ王国とユグル王国に指導に行かないといけないから」

「……分かったよ」

もう仕方ないね。物作りを楽しむとするか。

僕は重い腰を上げて、工房へと向かう。

映画館を三つ建てるってなんだよ。それも僕の仕事なのかな。確かに映写機は僕が用意する必要はあるけど、それ以外はそれぞれで造ってくれないかな。

8 オーディション？

アカネに丸め込まれた感じはあるけれど、この世界に新しい文化が生まれるのは良い事だと思おう。

「今度は何を頼まれたのでありますか？」

「……流石レーヴァ。何も言わなくても分かってるね」

工房に入って僕の表情を見ただけで、何かを押し付けられたと分かったのか。

レーヴァとの付き合いも長くなったなと感慨深い。イヤイヤ、浸（ひた）っている暇はないね。ロザリー夫人やルーミア様が本気で動き出したら早いから。

「動画用のカメラがあっただろう。アカネが動画を編集……要は撮った映像をいろいろいじるための魔導具が欲しいと言ってきてね」

「ほぉほぉ、それは面白そうでありますな。なるほど、それで最近アカネ様とルルちゃんは、動画を撮りまくってたのでありますな」

「僕もおかしいとは思ってたんだよ。回復魔法使いとして未開地に同行しているはずなのに、グライドバイクに乗って動画を撮影しているんだもの」

「グライドバイクは、揺れが少ないので動画撮影にピッタリでありますからね」

そう、最近のアカネの動向をよく考えれば、この一連の流れは読めたはずなんだ。赤ちゃん達の世話が楽しくて気付かなかったよ。

「それで、どういう話になったのでありますか？」

「ああ、それが凄く大袈裟な話になってきちゃってさ」

僕は、王都に映画館を建てるアカネの計画に、ロザリー夫人やコーネリアさんが乗り気になり、サイモン様なんかを巻き込んで動き出しそうだという事。

それに加え、赤ちゃんの顔を見に来たルーミア様とミーミル様までその話に食いつき、ユグル王国の王都にも映画館を造ってほしいと言われ、土地の確保もほぼ確実だという事も説明した。

「う～ん。仕方ないでありますな。まったく新しい文化の発信者となれば、ロザリー夫人やルーミア様の株も上がるというものでありますよ」

「そうだね。エルフは特に文化や芸術にはこだわるからね」

「そうであります。聖域の音楽団を知ったユグル王国のエルフは悔しがったと聞くであります」

僕とアカネが聖域にもたらした地球の楽器の数々は、文化と芸術はエルフが一番だと自負のあったユグル王国に大きなショックを与えた。

まあ、基本的に僕が発明したわけでも何でもないので、申し訳ない気持ちでいっぱいだけど、それ以来、この芸術方面ではユグル王国は神経質気味なんだよね。

「では、具体的に造るのは、動画編集の魔導具と大型の映写の魔導具でありますか？」

「それと撮影用の照明機材も頼まれたよ。あとカメラも貸し出し用が何台かいるだろうし、映画館は聖域に建てて色々とチェックしないとね」

「では、レーヴァはまずは大型の映写の魔導具とスピーカーでありますな」

「うん、頼めるかな。僕は編集の魔導具を考えてみるよ」

「了解であります」

映画館を建てると決まったので、まずは出来る事からやっていこう。

「大きめの魔晶石をセンターの上側に配置できるようにしてっと、その下に動画用の魔晶石を配置できる場所を……三つ。あと音楽用が一つでいいか」

大きな魔晶石に編集した映像を記録する仕組みだ。

「モニターは流石に造れないから、映写機と同じにして画面は三つって感じかな」

八ミリや十六ミリみたいに、フィルムを切ったり貼ったりして編集するんじゃなくて、イメージとしては前世の高校の実習で触った事のある、ビデオテープの編集機が近いかな。

ぶつぶつと独り言を呟きながらスケッチを何枚も描き、イメージが固まったら設計図を描く。

魔晶石のサイズを決めてレーヴァに伝えないとな。

◆

タクミとレーヴァが工房で作業に取りかかった頃、リビングではアカネとルーミア、ミーミルが話し合っていた。

そこにバーキラ王国の王都に連絡を取りに行ったロザリーとコーネリアの二人が、文官娘衆のリーダー的存在シャルロットの母親で、聖域に移住しているエリザベスを連れて戻ってきた。

「うちのに土地の確保を頼んでおいたわ。何ヶ所か候補は押さえてくれたみたい」

「息子にも連絡したから、陛下にも直ぐ話が上がると思うわ」

「もう。こんな面白そうな事してるなら教えてくださいまし」

ロザリーは夫でバーキラ王国の宰相であるサイモンに、王都で土地の確保を指示し、コーネリアはその話を息子で近衛騎士団長であるギルフォードに話した。自然と国王の耳に入るだろうと満足げだ。

　エリザベスは、面白そうな話には加わりたいと頬を膨らませている。

「えっ⁉　もう候補が見つかったんですか。よく王都に余った土地がありましたね」

「フフッ。最近、貴族派の家が何軒か潰れたのよ。まあ、潰したのはうちのなんだけど。だからあとはその中から条件のいい場所を選ぶだけなの」

　アカネがその迅速さに若干引きつつ、驚いていると、ロザリーが答える。

　バーキラ王国の王都は、湖の中央に聳える王城を中心に栄える大都市だが、映画館を建設できるような広い敷地はなかった。

　しかし、どうやら貴族派の何軒かが取り潰されたらしい。

　賢王として知られるバーキラ王の代替わりもそろそろだ。王太子が跡を継ぐ前に、貴族派の力を削いでおきたいサイモンが、不正を働いていた貴族を処理したそうだ。

　サイモンは早く隠居して、ロザリーが住む聖域に移住したい気持ちがある。それでも、息子達の代が困らぬようにと色々暗躍しているのだとか。

「し、仕事が早いですね」

「それはもう。動画は何度も見せてもらっているけれど、それに音楽をつけたり、見やすいように編集したりするんでしょう？　エトワールちゃんや春香ちゃん、フローラちゃんの可愛い姿をうちのにも見せてあげられるわ」

　そこでルーミアとミーミルも口を挟む。

「私の方も、陛下はなかなか国を離れる事が出来ませんから。エトワールちゃんの姿絵や写真は持っていますが、動画は見た事がなくて拗ねてましたしね」

「お父様、国を抜け出して聖域に逃げてきそうでしたものね」

「ハ、ハハハッ、そうなんですね」

　ロザリーやルーミアは自分達の夫に見せたいという、もの凄く個人的な理由でそれぞれの王都の土地の確保を迅速に進めている。

　その夫というのが、宰相と国王なので仕方ないかと思い、アカネは今後の話をする。

「それで、今は聖域の自然の美しさや聖域騎士団の武力の紹介をする映像を撮っているんですが、この後もう一本、物語をエトワール達に演じてもらって撮ろうと思ってるんですよね」

「「「まぁ！　それは素敵ですね！」」」

　現在撮影している聖域のドキュメンタリー映画のようなものに加え、物語を撮影するとアカネが言うと、ロザリーやルーミア達が目を輝かせ興奮した声を上げた。

「そこでバーキラ王国やユグル王国にも、カメラ機材や編集の魔導具を貸し出すか、買い取ってもらって、自分達でも映画を撮ればいいんじゃないかなって思ったんですけど、どう思います？」

「……誰に任せましょうか。これは一度王都に行った方がいいかしら」

「我が国には、芸術方面を支援する部署もありますから、その者達に指示しておきましょう」

「流石エルフの国ですね。バーキラ王国にも宮廷画家や音楽隊はありますが、専任の大臣はいませんわ」

ロザリー、ルーミア、コーネリアが口々に言った。

「ひとまずうちの主人にかけ合ってみるわ」

ロザリーはサイモンに会うために王都へ行く事を決めたようだ。

ユグル王国は、長寿種族のエルフの国らしく芸術方面では他種族より優れていると言われている。

長い時間、研鑽（けんさん）するのだから当然なのだが、そのお陰で今回もルーミア王妃の頭の中には、誰に声をかけようと直ぐに顔が浮かぶ。

それに対して、バーキラ王国はどうかと言うと、宮廷画家や音楽家はいるのだが、演劇を専門とする者をロザリーやコーネリアは知らなかった。

ここ数年、聖域からの影響でオーケストラのようなものが出来たり、オペラ擬（もど）きが上演されたりしているが、演劇という文化はこれからだ。

そこでロザリーは、人任せではなかなか進まないと判断し、自身で動く事を決めた。

「アカネさん、撮影を見学させてくれないかしら。演者はともかく撮影や編集って魔導具を渡されても直ぐには無理でしょう?」

ロザリーがアカネにお願いするのも当然だろう。カメラや編集の魔導具を渡されても、どうしていいのか分からない。

それに対してアカネも必要な人員を指折り数えて挙げていく。

「ああ、そうですね。理想を言えば、演者は当然として、全てを統括する監督。絵を撮るカメラマン。物語から脚本を書く脚本家。監督の指示のもと編集をする人も欲しいかな。あと色々な雑用をする人やセットを建てたり、衣装を用意したりする人もいればいいですね」

「まぁ、それは大変そうね」

ただ実際には、撮影のためのセットなどは幻術などの魔法で補え、照明も魔法でなんとかなる。

理解が進めば作品を撮り出すのは早いだろう。

「アカネさんは、どんな物語を撮るの?」

「私の生まれた国にある昔話をアレンジしようかと思ってますよ」

ルーミアはアカネがどんな映画を作るのか気になったのか尋ねると、返ってきたのはアカネの祖国の昔話という返事。要するに日本の昔話だ。

「まぁ!」

それを聞いてルーミアは喜びつつも申し訳ないと思う。

ここにいるメンバーは、当然アカネがシドニア神皇国が行った勇者召喚の犠牲者だと知っている。そしてタクミ経由で、創世の女神ノルンは二度と次元の壁に穴が空かないように処理した事も聞いていた。それはアカネが日本へ帰る道が断たれた事を示していた。

そんな事もあり、日本の文化を知れる喜びの感情と、二度と故郷の土を踏む事が出来ないアカネへの申し訳なさをルーミアは感じていたのだ。

シドニア神皇国がしでかした事なので、ユグル王国の王妃にはなんの責任もないのだが、同じこの世界に暮らす人間としての罪悪感だろう。

とはいえ、芸術好きのエルフの王妃、異なる世界の昔話と聞けば興味津々になるのは仕方ない。

「なら私の国の昔話を映画にしましょうか」

「あら、それは面白そうですね」

「それなら、我がバーキラ王国にも昔話はありますし、こちらも撮りましょう」

アカネの話を聞いたルーミアが、ユグル王国に伝わる昔話を映画にすると言うと、ロザリーとコーネリアもそれはいいと、バーキラ王国に伝わる昔話を最初の映画にしようと決めた。

「役者はオーディションなんかどうです？　王宮に出入りする楽士(がくし)も協力してくれる人を探さないといけませんし」

アカネが提案すると、ロザリーとコーネリアは考える。

「そうね。役者は、旅芸人や楽団の人間など身分を問わず探してみるわ。宮廷楽士もうちの主人が話せば協力するでしょうけど、イヤイヤ協力するような人はいらないわね」

「そう考えると、王都でオーディションしてみるのはいい考えね」

バーキラ王国やロマリア王国、ユグル王国の国内は、都市間の治安が比較的良いので、旅芸人やサーカスのような移動しながら興行をする者達もいる。演劇というより曲芸や舞踊なのだが、役者に向く者もいるかもしれない。

そして映画に欠かせない音楽については、やはり宮廷楽士がレベルが高いのだろうが、その分プライドも高いので、映画音楽という新しいものに協力してくれる者がどれだけいるのか分からない。

それなら大々的にオーディションをするしかない。

「あと幻術や土属性魔法が得意な人も裏方で集めた方がいいですよ。聖域ならその手の人材に困りませんけどね」

「それもあるわね。宮廷魔法師団が手伝ってくれないかしら」

「どうでしょう。以前は騎士団と反目し合ってましたが、それも聖域のお陰でなくなりましたし、話の分かる者も増えていると思いますけどね」

役者や楽士のオーディションの話の後にアカネはセットの設営や特殊効果の人員確保についても進言しておく。

これは人材豊富な聖域と同じように考えていると後で確実に困る事になる。

まず、タクミやアカネのように器用に魔法を使う人は、聖域の外では少ない。

土属性魔法による建築や土木工事が、バーキラ王国などで行われるようになったのは最近の事だからだ。

それまでは、魔法と言えば魔物を討伐したり、戦争で戦うためのものだった。それがウェッジフォートでのタクミの土属性魔法の使い方が世間に衝撃を与え、その有用性が高く評価され、急激に普及している途中だ。

「その辺は私の方は大丈夫ね」

「お母様、そこは腐ってもエルフですもの」

ルーミアとミーミルは大丈夫だと言っているが、ホーディアの一件もあり、アカネは素直に同意出来なかった。

その後、バーキラ王国でのオーディションと、ユグル王国でのオーディションに、アカネも審査員として参加をお願いされ、映画館の建設予定地の視察も兼ねて遠征する事が決まった。

9　映画館と撮影スタジオの建設

アカネから依頼のあった、映画制作に関する諸々の機材。編集の魔導具や撮影用カメラ、照明機材などの製作はいち段落した。

「少しテクニックは必要だけど、アカネなら大丈夫だろう」

「タクミ様、それ以上簡単にするのは無理でありますよ」

編集の魔導具は、頭出しなんかが少し難しいけれど、画面を見ながら編集が出来るって時点で、僕って凄く頑張ったと思う。コンピューターも存在しない世界で、魔法でごまかしながらよくやったと自分を褒めてあげたい。

編集の魔導具は、予備を含めて聖域に二台。バーキラ王国とユグル王国に、売るのか貸すのか分からないけど一台ずつ。

レーヴァも映画館用の映写機とスピーカーを造り終えている。カメラと照明機材も故障を考えて多めに造った。

そして今僕は、映画館の図面を描いている。因みに、これは僕が建てる映画館のものではなく、バーキラ王国とユグル王国の王都に建てられる映画館の分だ。

なんと驚く事に、僕とレーヴァが工房にこもっている間に、映画館の建設場所も決まっていたんだ。しかも偶然にも、ほぼ同じ敷地面積だったので、建物の図面は一種類で大丈夫らしい。

まあ、映写機や照明器具、トイレやスピーカーなどの魔導具類を設置するために、一度現地に行かないとダメなのは変わらないけれど、建物自体は自分達でやると言ってくれて助かったよ。

「アカネ様は、今日はバーキラ王国でありますか？」

「うん。文字通り、飛び回ってるよ」

「忙しくて大変でありますな」

「いや、やり甲斐があるんだろうね。楽しそうにしているみたいだよ」

アカネはウラノスに乗り、大陸中を飛び回っている。

映画館の建設予定地の選定から、なんと役者のオーディションにまで噛んでいるらしい。しかも役者だけじゃなく、ディレクターやカメラマンの育成もしているんだとか。

まあ、いきなり映画を撮れと言われても、この世界の人にはハードルが高いだろうから仕方ないかもしれない。

今さらながらアカネの多才さに驚いているよ。

その日の夕方、アカネとルルちゃんが戻ってきた。

僕がリビングで揉みくちゃにされながら子供達の相手をしていると、アカネは追加のリクエストを言ってきた。

「ああ、タクミ、ちょうど良かった。聖域の映画館はどうなってる？」

「えっと、建物自体は、あと錬成するだけだけど」

「なら、先に撮影スタジオをお願い。場所は、お任せで」

聖域に建てる映画館の進捗状況を聞いてきたアカネ。

映画館を建てたあと、設置する魔導具類や椅子なんかの準備もあるんだけど、それより撮影スタジオを優先してほしいらしい。

「さ、撮影スタジオまで造るの？」

「それはそうよ。背景や撮影セットの何割かは幻術でカバーできても、何もない外では難しいでしょう。ＣＧ合成用のグリーンバックじゃないけど、白のホリゾントがあればいいと思わない？」

「いや、幻術に白ホリは関係ないと思うけど。まあ、造るのは難しくないからいいよ」

ホリゾントは背景のための幕や壁の事だ。ただ、ＣＧ合成みたいに、あとから合成するんじゃなくて、その場でリアルタイムで背景を幻術で再現するんだから、厳密に言うと白ホリなんて必要ない。まあ、だけどこの辺はアカネの気分の問題なんだろうな。

「それに幻の魔法を使う人も、聖域ならそれなりにいるし、色んな景色を見てきてるでしょう。だから聖域の撮影スタジオは極端な話、屋根があって広くて白いスペースだったらいいのよ」

「分かった、分かった」

広い倉庫のような建物を一つ用意すればいいだけなら、それほど面倒でもないので了承しておく。

因みに、幻術ならどんな光景も再現可能かと言うと、それは少し違って、術者のイメージにない光景は再現できない。まあ、当たり前だけどね。

とはいえ、実際に照明や背景を魔法で補えるって凄く便利だね。

「あっ、そうそう。クレーンカメラもお願いね」

「えっ⁉」

アカネは、思い出したという感じで、軽く追加のリクエストを出し、手をヒラヒラ振って再度出かけていってしまった。

「アカネ様は、忙しそうでありますな」

「はぁ、まあ、楽しそうだからいいか」

「で、ありますな」

レーヴァが慌ただしく出ていったアカネを心配そうに見て言うが、本人が楽しんでいそうだから僕は大丈夫だろうと思っている。

さあ、図面を仕上げて、まずは聖域に映画館を建てないとな。

撮影スタジオは、その後で大丈夫だろう。作りがシンプルなので、建てるのはあっという間だろうからね。


映画館の図面を描き終え、必要な建材の確保が終わると建設予定地へ向かう。

「じゃあ僕が地面を整地して固めるね」

「錬成は、レーヴァにお任せなのであります」

僕は土属性魔法で地面を整地し固め、少々重い建物でも地盤が沈まないようにする。

「じゃあ、建材を出していくね」

「レーヴァは、図面を頭に入れるであります」

図面を見始めるレーヴァ。その間に、僕は石材や木材、鋼材にガラスなどを積んでいく。

「こっちはＯＫだよ」

「レーヴァもＯＫなのであります！」

「よし！　じゃあ頼んだ！」

「錬成！」

レーヴァが建材に手を伸ばし、錬金術を発動すると、図面通りの建物が姿を見せる。この世界初の映画館だ。

「うん、良さそうだね。じゃあ、魔導具類を設置していこうか」

「レーヴァは、外装と内装の工事を発注してくるであります」

「お願い」

映写機やスピーカー、照明器具などの魔導具を設置するのは僕らの仕事だけど、建物の外装や内装は聖域の職人にお任せだ。聖域の職人は腕が良いからね。安心して任せられる。

場所を聖域騎士団の格納庫付近に移動し、そこに撮影スタジオをサクッと錬成。中はそこそこ広いスタジオが三つ入る。

各スタジオの天井に這わせた鉄骨のレールに、照明の魔導具を設置していき、一応空調も取りつけておく。

「さて、あとはクレーンカメラか」

「クレーンカメラでありますか？」

「うん。クレーンにカメラを置いて、色んな高さから撮影できる機材だね」

「ほおほお、流石アカネ様であります。そんな物も知っているのでありますか」

「ちょっと詳しすぎるよね」

白ホリやらクレーンカメラやら、元女子高生が知っているものなんだろうか。まあ、その辺を考えても仕方ない。さっさと撮影スタジオを仕上げてしまおう。

子供達との時間は貴重だからね。

10　子供達がロケに出かけるようです

それから数日後――

聖域騎士団が慌ただしく出撃準備をしていた。

外に出てみると、近くにソフィア、マリア、マーニがいたので聞いてみる。

「緊急出動なの？」

「あ、タクミ様。いえ、映画の撮影に協力してくださるのです」

「映画の撮影？」

ソフィアは頷いて言う。

「はい。エトワールや春香、フローラを主役とした『ももたろう』とか、アカネさんが言ってましたね」

「ええ！　桃太郎!?」

イヤイヤ、エトワール達を主役とした映画なんて、いつの間に作る事になったの？　それに、今日これから何処で撮影するんだよ。というか、桃太郎って凄く嫌な予感がするんだけど。

僕の視界に、格納庫から出てくるガルーダが映る。それが意味するのは、撮影のため遠方へ遠征するという事だ。

「ガルーダで出動って、何処で撮影するの？」

「魔大陸です」

「それはエトワール達には早くないか？」

「そのための聖域騎士団であり、アカネさんとルルちゃんであり、カエデですから」

ソフィアから返ってきた答えは、魔大陸という信じたくないワードだった。

大陸全体が魔境のような地。数えきれないほどのダンジョンがあり、頻繁に魔物を吐き出し氾濫(はんらん)が起こるとんでもない大陸。

そんな場所でエトワール達を主役とした映画を撮るなんて、父親としては明確に反対なんだけど、ソフィア達母親は笑顔で送り出すようだ。

「……まぁ、カエデがいるなら大丈夫だとは思うけど……なら、僕も行くよ」

「タクミ様は、今日はバーキラ王国の王都でお仕事じゃないですか」

「い、いや、そうだけど……」

「大丈夫ですよ。エトワール達は、少しずつレベルを上げていますから。それに子供達の服が特別製なのはタクミ様が一番分かっているではありませんか」

ソフィアが言うように、最近になって、少しずつ子供達のレベル上げはしている。強引なパワーレベリングにしないのは、幼児には身体への負担が大きいからだ。

それに加えて、僕達を含めて子供達の着る服は、カエデが出した糸から織られた特別な布で、そこに過剰なくらい強化の付与をしてある。魔大陸でもダンジョンに潜る(もぐ)ような状況でなければ大丈夫だと思うけど……

なかば諦めの気持ちで、それでも気になるので聞いてみる。

「一応聞くけど、何を相手にするつもりなの？」

「アカネさんからは、オーガが統率する群れだと聞いてます」

「オ、オーガの群れ!? あ、危なくない？ いや、だから桃太郎なのか」

確かに、聖域騎士団やアカネ、ルルちゃんがいて、そこにカエデも加わるのなら、どんな上位種のオーガが統率していたとしても平気か。

そして、そこで気が付いた。

「桃太郎」という物語から導き出されるテーマは鬼退治。

「そう！ 鬼退治よ！」

「鬼退治ニャ！」

そこに現れたのは、アカネとルルちゃん。ちゃんと監督風と助監督風の衣装を着ているのに少しむかつく。

「タクミ、心配しなくても私がガンガンデバフかけて弱らせるから」

「う～ん」

たとえ敵を弱体化させても心配になるのは仕方ない。

すると、亜空間が開き、カエデが顔を出した。

「大丈夫だよマスター。カエデが糸で邪魔するから」

「ふぅ、仕方ないな。アカネもカエデも子供達の事は頼んだよ」

カエデにも安心するように言われると、これ以上僕だけがゴネてもダメか。実際、この陣容ならドラゴンの群れでも蹴散らせるだろうしね。

「心配性ねタクミは。大丈夫よ。カットの度に魔物はカエデが拘束してくれるし、画の中で邪魔な魔物はこっちで取り除くから」

「あれ。カットの度にって？」

「当たり前じゃない。カメラの台数をフルに使っても、カットをかけながらじゃないと欲しい画にならないでしょう」

「そ、そうだね」

カットの度に一旦動きを強制的に止められるんだ。なんかオーガ達が哀(あわ)れに思えてきた。

「ポーション類は大丈夫？」

「騎士団がたんまり持ってるわよ。それ以前に、回復魔法のスペシャリストの私がいるじゃない」

それもそうだ。僕に並ぶ回復魔法使いのアカネに任せれば大丈夫か。


その後、ガラハットさんやヒースさんも、子供達の安全を約束してくれて、僕はソフィア達と並び、まるで遠足に行くようにルンルン気分の子供達に手を振って見送ったのだった。

ただ、僕はガルーダに搭乗(とうじょう)していくメンバーに首を傾げる。

「ゴランさんがいたね」

ソフィアに確認すると、彼女は頷いた。

「はい。ドワーフ代表ですね」

「レーヴァがウキウキで乗り込んでたよ」

「はい。獣人族代表ですね」

「じゃあ、フランさんやアネモネさん、リリーさんは？」

「フランがエルフ代表で、アネモネとリリーはサポートですね。因みに、人族代表はヒースさんです」

「……ひょっとして、犬、猿、雉(きじ)の代わり？」

「ええ、アカネさんの台本にそう書いてありましたね」

はぁ、何も聞いてないよ。

◆

飛び立ったガルーダの中では、アカネにより台本が配られていた。

「フランさん、セリフの量も少ないから大丈夫よね」

「あ、ああ、勿論だとも」

「うわぉ、フラン先輩、凄く緊張してますよ」

「私とアネモネさんは、サポートなので気が楽ですよね」

アネモネが言うように、フランは緊張で先ほどから何度も台本を見ている。

「ほら、フラン先輩。レーヴァさんやエトワールちゃん、春香ちゃんを見てください。凄く楽しそうですよ」

「そうですよ。フローラちゃんなんて肝が太いですよね」

「わ、分かってる。大丈夫だ。祖国の王都で上映されて、知り合いに見られるからといって、急に緊張してきたなんてないからな」

アネモネやリリーが顔を向けた先にいるエトワールや春香には、緊張のキの字もない。とてもリラックスしている。フローラに関しては、お昼寝しているくらいだ。ただ、そうは言われてもフランの緊張は解れない。

そんなフランとは違って、ノムストル王国では神匠（かみしょう）と呼ばれるドワーフのゴランや、ベテラン冒険者として名を馳（は）せたヒースは落ち着いている。

「珍しいですね。ゴランさんが、この手の事に協力するのは」

「なに、タクミや聖域の皆んなには世話になっておるしのう。嬢（じょう）ちゃん達の護衛のついでじゃ。そんなヒースも、映る方は、騎士団の仕事じゃないだろう」

「似たようなものですよ。映らずサポートするのか、画面に映りながらエトワール達を護るかの違いです」

ドワーフという頑丈（がんじょう）で力の強い種族特性に加え、もともと自分で鉱石の採掘に行くため、それなりに強かったゴラン。

聖域に移住してからさらにレベルを上げ、外の世界基準なら十分強者と呼べる。エトワール達のお守りは十二分に果たせる実力はあった。

これは聖域の職人全てに当て嵌まるのだが、彼らは積極的にパワーレベリングに励んでいる。その理由は、この世界のモノ作りを極めていくと、どうしても豊富な魔力量が必要になってくるからだった。

そんなわけで、ゴランも若い頃よりずっと体は動くし、力やスタミナもある。

戦闘技術に関しても、土精騎士団の若いドワーフ達と訓練する事があるので、この歳になってまだ向上している。

「まあ、儂らが頑張らんでも大丈夫じゃろうがな」

「ええ、騎士団もかなり動員していますし、騎士団がいなくてもアカネやルルちゃんとカエデだけで、大抵なんとかなりますから」

「そりゃそうじゃ。特殊個体のアラクネなんぞ、タクミの従魔でなけりゃ厄災じゃからな」

「ドラゴンも裸足で逃げ出すでしょうね」

ゴランもヒースも、オーガ如きの集落程度に緊張感はない。

しかもアカネやルルに加え、常にタクミと最前線で活躍していたカエデまでいるのだ。過剰戦力にもほどがある。

タクミの子供達を乗せたガルーダは、速度を上げて魔大陸へと進む。

物語「桃太郎」のクライマックスである、鬼ヶ島での鬼退治の場面を撮影するために……

11　撮影は順調に

あらかじめ見つけていた撮影場所付近に、先着したサンダーボルトが滑走路を造成。そこに着陸したガルーダから聖域騎士団が展開する。

拠点を設営し、斥候を派遣、周辺の魔物の駆逐と仕事は多い。

そこにエトワール、春香、フローラがワクワクしながら魔大陸の地面を踏む。

「いぇーい！」

「こらフローラ、一人で遠くに行かないの！」

「うわぁ、魔素が濃いよお姉ちゃん！」

ピョンと飛び跳ねて降り立ったフローラに、注意するエトワール。春香は、聖域とは違った魔素の濃さに興味津々だ。

「ハイハイ、衣装は汚さないでね。まぁ、汚れても浄化するけどね」

「皆んな楽しそうニャ」

アカネが三人にはしゃぎ過ぎないよう言うと、ルルは子供達を見て笑みを浮かべた。

今の三人は、桃太郎を異世界風にアレンジした衣装を着ていた。

「なぁアカネちゃん。俺の衣装、派手じゃないか？　俺は嫁も子供もいるんだぜ。せめてゴランさんくらいのにしてほしかった」

「ふん。ヒース、お前、儂の歳をいくつだと思っておる」

「私のが一番派手な気がするんだが」

「フッフッフッ、レーヴァもスターになる時が来たでありますよ！」

子供達三人の周囲に集まるのは、ヒース、ゴラン、フラン、レーヴァだ。

この世界の服とは少々異なった衣装に、ヒースとフランは恥ずかしそうだが、レーヴァはノリノリで楽しそうにしている。

そこに聖域騎士団の団長を務めるガラハットが寄ってきて、アカネに報告する。

「一時間もかからず、周辺の魔物は駆逐できるじゃろう」

「そう。じゃあ、一時間後に鬼退治シーンの撮影を開始するわ」

「了解じゃ。オーガの集落までの道は確保しておこう」

ガルーダが着陸してから僅かな時間で拠点を整え、周辺の魔物を駆逐し、目的地への道まで確保してしまう聖域騎士団。

その様子を撮影専任の騎士団員がずっと動画を回して収めている。

実は、アカネが映画事業を立ち上げたのをきっかけに、聖域騎士団の中に資料用に動画を撮影する部隊が出来たのだ。


その後、周辺の魔物の討伐が済み、オーガの集落がある魔境に着いたところで、撮影が始まった。

エトワール、春香、フローラが鬼退治へ向かう。

その途中、人族の戦士ヒースと出会い、エトワールが声をかける。

「お兄さん。この果実をあげるので、一緒に鬼退治に行きませんか？」

「おお！　これは精霊樹の果実。是非お供させてくれ」

「では、一緒に行きましょう」

エトワールから精霊樹の果実を一つ渡されたヒースは、喜んで仲間に入った。

人族の戦士を加えて先に進む四人。

今度はドワーフの重戦士ゴランと出会う。春香が声をかける。

「おじいちゃん。この果実をあげるから、私達と一緒に鬼退治してくれませんか？」

「ほぉ！　これは精霊樹の果実ではないか。勿論、一緒に行かせてもらおう」

「ありがとう」

ドワーフの重戦士ゴランが仲間に加わり、再び先へと進む一行。

少し進むと、草むらから狐人族の魔法使いレーヴァが飛び出してきた。

「ねぇねぇ、レーヴァも仲間に入れるであります。役に立つでありますよ！」

「うん。じゃあ、お姉ちゃんにもこれをあげるね」

「これはこれは、特別なポーションが作れるであります。楽しみでありますな」

自ら売り込んできた狐人族の魔法使いレーヴァは春香から果実を受け取り、一行はどんどん進む。

そしてもう直ぐで鬼の集落というところで、エルフの戦士フランと出会った。フローラが精霊樹の果実を手に声をかける。

「お姉さん、お姉さん。この果実をあげるから、鬼退治の仲間にならない？」

「こ、これは、世界樹の果実⁉」

「ううん。精霊樹の果実だよ」

「わ、我らエルフにとっては同じ事だ」

「それでどうかな？」

「も、ももも、勿論、是非とも一緒に行かせてくれ」

「ハイ！　カット！　フランさん、緊張しすぎ。今のところをもう一度ね」

「すまない……」

順調に進んでいた撮影だが、フランが緊張でセリフを噛んだところで、アカネが一旦カメラを止める。

「じゃあ、気を取り直していくニャ！　5、4、3、2……」

ルルの合図で撮影が再開される。

「お姉さん、お姉さん。この果実をあげるから、鬼退治の仲間にならない？」

「こ、これは、世界樹の果実⁉」

「ううん。精霊樹の果実だよ」

「我らエルフにとっては同じ事だ」

「それでどうかな？」

「勿論、是非とも一緒に行かせてくれ」

今度は何とか言えたようだ。

エトワール、春香、フローラの元に、人族のヒース、ドワーフのゴラン、獣人族のレーヴァ、エルフのフランの四人が集った。

「ハイ！　カット！　じゃあ、この後はクライマックスの鬼退治よ。頑張っていきましょう！」

「では聖域騎士団！　オーガの集落を包囲するぞ！」

アカネがカットの声を上げ、次はわざわざ魔大陸まで撮影に来た理由であるオーガの集落討伐シーンへと移る。

ガラハットが騎士団員に指示を出し、オーガの集落を包囲、周辺に魔物が逃げないようにする。

実のところ、魔大陸の魔境から魔物が溢れたところで何の問題もないのだが、聖域騎士団の訓練も兼ねているので、今回は包囲殲滅する予定だった。

不恰好に木を組んだ建物が立ち並ぶ集落を前に、エトワール、春香、フローラが腰の剣をスラリと抜く。

「悪逆非道な鬼どもを成敗するぞ！」

「「「オオッ！」」」

エトワールのかけ声に、ヒースやゴラン、レーヴァやフランが気合いの声を上げる。

その頃には、オーガやその手下であるゴブリンがワラワラと出てきて、突然の襲撃に戸惑うも、上質なエサである人間を目にして興奮し、襲いかかってきた。

「ハイ！　カットォ！」

アカネのカットの声に、魔物達の動きが止まる。

勿論、アカネの指示を聞いたわけではない。今も動こうともがいている。

魔物が止まったのはカエデが原因だった。

瞬時に全ての魔物を糸で拘束してみせたその実力は、統率個体であるオーガですら雑魚でしかない事を物語っていた。

「ちょっとゴブリンの数が多いのよね。間引いてくれるかな」

「おい！　アカネ殿の指定するゴブリンを間引くのだ！」

アカネは画面内がうるさくなりすぎると感じ、指示を出すと、ガラハットが騎士団にゴブリンの討伐を命じた。

とはいえ、拘束され動けないゴブリンの討伐など、騎士団にとって雑草を刈（か）るよりもイージーな仕事だった。

「うん、こんなもんね。じゃあ、ヨーイ、スタート！」

アカネのスタートの声で、ヒース、フラン、レーヴァが前に出る。ゴランはエトワール達の側で護衛をしている。

ヒースとレーヴァが、ほど良い数のゴブリンやオーガを後ろへ通す。エトワール達が活躍する画も撮りたいからだ。

そしてアカネとカエデが弱体化させたオーガなら、幼児三人でも余裕を持って討伐できた。

ソフィア譲りの綺麗な剣捌（けんさば）きで、バッタバッタとゴブリンやオーガを倒すエトワール。春香、フローラも負けていない。

「ハイ！　カット！」

再びアカネのカットの声が響くと、魔物達がピタリと止まる。

「一カメはそのまま。二カメはエトワール達三人のショットを、三カメはもう少し右に回って、ボスのオーガを入れ込んで、四カメは引きの画のままで」

アカネがカメラマンに指示を出す。

今回、カメラの台数は多めに持ってきてある。他のシーンならいざ知らず、魔物との戦闘シーンは何度も繰り返す事が出来ないからだ。一度倒してしまったオーガやゴブリンはどうしようもない。

そんなわけで、複数のカメラで撮り漏れがないよう、色々な映像を撮っている。

その分、あとでアカネが編集で苦労するのだが、今は良い映像を撮る事しか考えていない。

こうして異世界版「桃太郎」の撮影は進んでいく。

12 映画の噂

アカネがメガホンを取った異世界版「桃太郎」が編集作業に移った頃、バーキラ王国とユグル王国の王都の住民や貴族達の間で、映画という新しい文化芸術の噂が流れ始めていた。

土属性魔法使いを動員した映画館建設が、急ピッチで進んでいるのだから、耳聡い(みみざと)者なら気が付いて当然だろう。

当然、バーキラ王国の貴族達も情報に聡い者は探りを入れ始めている。

もともとバーキラ王国の王都は、歴史のある街なので、そうそう広い土地など空いてはいない。

今回多くの魔法使いや職人が工事に取りかかっている土地は、不正を働いて取り潰しにあった子爵の土地。王家が屋敷を接収した場所だ。

そうなると、この工事に国が関わっているのは考えるまでもなく、最初に問い合わせが殺到した先は、バーキラ王国を支える宰相のサイモンだった。

「サイモン、大変そうだな」

王城の一室でバーキラ国王ロボスがサイモンを労う。

「はぁ、国王派、貴族派、中立派問わず、それなりに耳の早い者は、国王主導で何かが動き出している事くらい掴めますからな」

「ああ、情報に疎い者どもはどうでもいいが、甘い蜜の匂いを嗅ぎつけた輩の相手は大変だ」

「ええ、本当に……」

特に伯爵以下の貴族達から宰相であるサイモンに殺到している問い合わせ。それにいちいち対応していては、サイモンの本来の仕事に影響が出る。

「そのうち陛下にも連絡がいくでしょうな。既に、謁見の申し込みが何件か来ていますから」

「はぁ、公爵まで動く事か？」

ロボスはげんなりとして溜息を吐く。

謁見の申し込みは公爵以上の位を持つ貴族でないと出来ない。

彼にしてみれば、まったく新しい文化や芸術とはいえ、高位貴族が騒ぐほどのものではないと思っている。

ところが公爵といえど貴族派に属していた者達は、タクミと聖域を中心とする繁栄から取り残されていた。

それはそうだ。浄化の魔導具関連で、シドニア神皇国にタクミを引き渡せといちゃもんをつけられていた時、神光教から袖の下をもらって、早々に引き渡すべしと意見した過去が彼らにはある。

その後の流れはお察しの通り、バーキラ王国、ロマリア王国、ユグル王国の同盟三ヶ国の繁栄にガッツリと噛めるわけもない。

まあ、バーキラ王国全体が好景気なので、まったく恩恵にあずかれていないとも言えないのだが、それでも公爵家として力を落とした事には間違いない。

そして耳に入ってきた元子爵邸の取り潰しと、建設が進む建物。聖域絡みに決まっていると、貴族派でも考えが至った。

現実問題、現状派閥争いで貴族派はジリ貧で、中立派に鞍替えする者も出てきている。その中立派ですら、国王派に擦り寄っている始末。貴族派の王城での力はない。

「ランズリット公爵にも困ったものだ」

「貴族派の旗頭ですからな」

「奴らなどパーティーだけして浮かれていれば良いものを」

「貴族らしい事にしか役に立たぬ者達ですから」

ロボス王があげたランズリット公爵というのが貴族派のトップであり、旧態依然とした貴族らしい貴族の見本のような家だった。

正妃や側妃、その娘達は、夜会やお茶会でいかに最新のドレスを着るかを競い、身につける宝石を国中から漁る。

どれだけ流行の最先端にあるかを競う。そこにしか価値を見出せない、中身がスカスカの者達とも言えるのだが。

中立派はともかく、貴族派と国王派は水と油。考え方に隔たりが大きく、妥協できる点が少ない。

例えば、ロボスの曾祖父から続く種族融和の方針についても、貴族派は亜人など奴隷身分で十分と考える。トリアリア王国や旧シドニア神皇国と近い考えを持っているのだ。

商人や職人に対しての彼らの考え方も傲慢だ。

バーキラ王国やロマリア王国、ユグル王国、サマンドール王国、ノムストル王国と、大陸のほぼ全ての国で、特許権は認められている。

しかし、ランズリット公爵を筆頭とする貴族派の考えでは、小遣い程度の端た金で特許を献上するのが当たり前だと公然と言っている。

当然、そんな貴族派の家に近づくのは、古くからの御用達の商人くらいのもので、今大陸を跨いで活躍するパペック商会などは、トラブルを避けるために最低限の付き合い程度だ。

「奴ら、時代に逆行しているのが分からんのか」

「分からないのでしょう。いまだに聖域を接収するべきだと進言してきますからな」

貴族派の不満の一つに、聖域関連の諸々から自分達が締め出されている事もあるのだ。

「バカにつける薬はないな」

「ですが、映画館での上映第一弾が、聖域関連のドキュメンタリー映画と知ると、また騒ぎそうですな」

「ああ、第二弾はもう決まっているのだろう。確かアカネ殿の故郷の物語だったか。しかも主役はイルマ殿の子供達というではないか。ややこしい輩が山ほど出てきそうな予感がするのだが……」

サイモンは聖域にいる妻のロザリーから詳しい話を聞かされている。そこで、上映作品の一作目と二作目がどんな内容かも知っていた。

「まあ、まず間違いないでしょうな。春香嬢辺りは、貴族派が嫁に欲しいと言い出しても不思議ではありません」

「エトワール嬢やフローラ嬢も中立派や国王派関係なく、婚姻の申し込みが殺到しそうだな」

「心配なのは、バカな貴族派どもが、兎人族であるフローラ嬢を侮辱するのではと……」

「ありえるな。ランズリット公爵など、王である儂を差し置いて、己より偉い者はいないと本気で思ってそうだからな。公の場で、イルマ殿の子供を侮辱する言葉を平気で吐きそうだ」

「そうなれば、王家との縁戚と言えど、庇いきれませんな」

「ああ、その時は迷わず切る。老害やバカのせいで、聖域との関係にヒビなど入れてたまるか」

「そうですな」

ロボスの言う老害とは、ランズリット公爵の事で、バカとはその取り巻きの事である。

「どちらにせよ、ランズリット公爵達に打てる手は少ないでしょう。一応、警戒はしますが、イルマ殿達は聖域に引きこもっていますからな。心配はないでしょう」

「我らが煩わしいだけか。まあ、親族と思って諦めもつく」

貴族派の者達がどんなに騒いでもタクミ達に直接の影響はない。貴族派の関係者には、聖域の結界を抜ける事など出来ないからだ。サイモンはその事を心底良かったと思っていた。

ロボスにとって聖域発信の新しい文化や芸術は望むところだが、その後の国内への影響を考えると複雑な心境だった。

◆

ロボスやサイモンを悩ませる男。

老齢に差しかかり、そろそろ野心も枯(か)れていい頃にもかかわらず、いまだに権力への欲が捨てきれぬ男。

マハル・フォン・ランズリット公爵。

今日も王都の一等地にある、広い敷地に建てられた贅を尽くした屋敷であれこれと策謀(さくぼう)を巡らせていた。

そのマハルの執務室に、マハルとよく似た壮年の男がノックをして入ってきた。

「父上、陛下への謁見は叶いそうですか？」

「はぁ、ラハル、許可してから入室しろ」

「そんな事よりも陛下との謁見です」

ラハルと呼ばれた壮年の男がマハルの長男で跡取りだった。

マナーを注意されるも、気にせずに再度問いかけた。

「仮にも公爵たる儂を断れるわけなかろう。来週の中頃だ」

「そうですか、それは良かった」

「ふんっ、本来なら直ぐにでも謁見を許すべきじゃがな」

マハルとラハルにも一応、王位継承権がある。特にマハルは、若かりし頃玉座を狙っていただけあり、賢王と賞賛されるロボスに対しても遠慮がない。

因みに、ロボスには既に三人の息子と三人の娘がいる。しかもロボスは側妃を持たず、六人とも正妃の子供という珍しい例だ。

継承権のある男子だけ見ても、継承順位第一位である第一王子のロナルド・バーキラは現在十三歳で、先頃ロマリア王国の王女と婚約を結んだばかり。父親のロボスに似て、優秀で誠実な人柄と言われている。

マハルに言わせると、王に誠実さなど必要ないらしいが。

そして第二王子のリッグル・バーキラ十一歳。兄とは違い、内政よりも常に剣を振っていたい脳筋気味の真っ直ぐな性格で、兄であるロナルドを支えたいと思っている。

最後に、三男のランカート・バーキラ五歳。

これではマハルやラハルに順番が回ってくる可能性は限りなくゼロに近い。

しかも公爵家は一つではない。

「おそらくバキューラ公爵の奴も既に謁見の申し込みをしているだろう」

「忌々しいですね。どっちつかずの中立派が」

バーキラ王国に公爵家は二つ。これは歴史あるバーキラ王国としては少ないと言える。これもここ数代の王が理性的で賢王だったからだ。

バーキラ王国では、身分だけは高くとも害にしかならない公爵家は、躊躇なく潰してきた歴史がある。

貴族家から完全に爵位を剥奪する事は稀だが、王家の血筋を引く公爵家を中途半端に残さないとの方針だった。

そしてランズリット公爵家ともう一つの公爵家が、中立派のバキューラ公爵家。

このバキューラ公爵家が中立派なのは、王家に力が一極集中しないためという意味合いがあるので、バキューラ公爵家と現王であるロボスとの関係は悪くない。

ランズリット公爵家としては、それが面白くない。

「しかもロボスの奴め、我がランズリット公爵家とは婚姻を結ぶつもりもないようじゃ。血が濃くなりすぎるとかなんとか、わけの分からぬ事を言いおって」

「第一王子の婚約者には、ロマリア王国の王女を迎えるとか」

「ああ、ランズリットの関係者から選ぶよう何度も言ったが断りよった」

ロボスからすると、敵対派閥の娘を長男の婚約者になど考えられないのだが、マハルからすれば、権力の中枢への最短距離を断られた恨みは強い。

「そこにきて突然始まった工事。それに聖域が絡んでいるとなれば黙ってはいられん」

「その通りです、父上。国王派と中立派の一部だけが聖域の恩恵を享受する現状は間違っています」

「ああ、我らこそ真っ先に利益を得るに相応しい」

結局、マハルとラハルの二人の望みは、聖域から得られる膨大な利益だった。

だがランズリット公爵とそれに連なる貴族や商人は、大精霊に認められねば通れない聖域の結界を抜けてタクミ達との距離を縮めるなど無理だと、自分達では気が付かないようだ。

◆

映画館建設に伴い、波乱含みなバーキラ王国とは違い、ここユグル王国ではつい最近、王都を含めた大掃除が行われた。

ある程度膿を出したお陰で、映画館の建設と動画用カメラや編集の魔導具などの機材供与、アカネ監督の映画二作品の上映という話題は上から下まで大歓迎されていた。

国王フォルセルティと宰相バルザも上機嫌だ。

「いや楽しみですな」

「ああ、王妃と王女からの話の通りなら、儂らエルフに新しい文化と芸術をもたらしてくれるはずだ。ありがたい」

長寿種族であるエルフ。その中でも特に長寿な王族や貴族は、どうしてもその長い時間を持て余し気味になる。その結果、職人や芸術家の技術は極められる傾向にある。

そんな時にもたらされる、まったく新しい映画という娯楽であり文化であり芸術。

歓迎しないわけがない。

そしてユグル王国では、今回の映画館が喜ばれている理由が他にもあった。

「しかもエトワール嬢達が主役の物語も製作中となれば、先頃のゴタゴタも吹き飛ぶというものだ」

「ええ、ええ。エトワール嬢は、エルフとしても非常に優れた素質を持つとか」

そう、エトワールの存在だった。

国内に暮らすエルフの子供はそれなりにいるのだが、そんなエルフの子供達とエトワールの違いが、聖域に暮らし、エルフとしても稀なほどの魔法の才能を持っている事。

しかも何処ぞのオークのようなエルフがいまだに執着しているくらいの美しい母親と、創世の女神ノルンが自分好みに創った父親を持つ。

エトワールの愛らしさには王妃や王女もメロメロになっているのだ。ユグル王国の国民にとってのアイドルと言っていいだろう。

「優れた素質どころではないぞ。イルマ殿の御子(みこ)達は、皆大精霊の愛し子じゃからな。儂も退位して聖域で王妃と暮らしたい」

フォルセルティは、ルーミアから聞いて知っている。エトワール、春香、フローラや新しく生まれた子達が、大精霊の愛し子……大精霊の加護を持つ事を。

今まで、ユグル王国の歴史上、一柱の高位精霊から加護を得た者は稀に記録にあるが、七柱の全ての大精霊の加護を持つエルフなどタクミの子達だけだ。

子供達の父親であるタクミは、そのさらに上位互換の女神ノルンの加護を持つのだが、それを知るのは家族だけだ。

「それはなりませんぞ。陛下には、このバルザよりも先に隠居などありえません」

「いや、お前の隠居など待っていたら、少なくとも百年は待つはめになるではないか！」

「ホォホッホッホッ、いやいや、あと二百年はバリバリ働きますぞ」

エトワールの事を除いても、フォルセルティは早々に退位して聖域で妻や娘であるルーミアやミーミルと暮らしたがっていた。

だが、フォルセルティよりもずっと歳上のバルザがそれを認めないようだ。

◆

そしてユグル王国やバーキラ王国の同盟国、ロマリア王国では――

「また聖域関係か」

「そのようですな」

ロマリア王と宰相のドレッドが微妙な表情になる。

「我が国では無理だな」

「ええ、我が国は派閥の争いが激しいですからな」

ロマリア王は映画館の話を聞き、自国では難しいと判断、溜息を吐いた。

ロマリア王国の現状は、貴族派が力を失い国王が力を持つバーキラ王国とは少し違う。

まだ王が若い事もあるが、派閥間の闘争や次代の王を巡る争いなど、安定しているとは言えないのだ。

「まぁ、詳細が分かれば、派閥を問わず我が国もとなるだろう。それまで土地の選定だけしておくか」

「そうですな。国の直轄(ちょっかつ)事業にし、各派閥から均等に人を割り振れば文句も少ないでしょう」

問題はドレッドが言うように、各派閥の人間をどう均等に割り振るか、という事にある。

利益の大小にかかわらず、なるべく均等にと気を遣わなくてはならない現状に嫌気が差す主従の二人だった。

13　気付く豚、繋がる豚

バーキラ王国の王都とユグル王国の王都に建設していた映画館がほぼ完成した。

映写機の魔導具や照明の魔導具、トイレなどの設備はまだだが、それも内装と共に急ピッチで工事が行われている。

バーキラ王国とユグル王国の王都に建設している映画館は、聖域のそれからは少し仕様が変更されている。

聖域では身分による区別はないのだが、流石にバーキラ王国やユグル王国ではそうはいかない。

貴族席や、さらに身分が上の王族が安全に楽しめるセキュリティーを考慮したボックス席を設ける必要があるからだ。

当然、そういった席は椅子のクオリティや壁紙なども贅を尽くしたものにしないといけない。

これはロボスが望まなくとも、他の貴族の手前、仕方のない事だった。

王族なら近衛騎士が常に護衛につくし、身の回りの世話をする侍女もおり何かと人数が多い。広めのボックス席は必須なのだ。

映画館の外観にしても、貴族の屋敷を取り壊して建てただけあり、その立地は一等地なので、それなりの意匠を施すのは当然。聖域の音楽堂や教会がそうであるように、外観に彫刻を施す作業などには時間がかかる。

王都の一等地でそんな事をしているとなると、当然ロマリア王国以外にも気が付く者は出てくる。

そんな状況でアカネは、ある程度編集が進んだ段階で、情報を小出しにしていくというプロモーションを行った。

それをあの男の関係者が知ってしまう。

ウェッジフォートで商会を立ち上げ、ユグル王国や聖域の産物を扱う商会と取引をし、その品物を主にトリアリア王国へと転売する事で利益を得ている男。

そう、元ユグル王国の伯爵だったホーディアの手下だ。

ホーディアは、ウェッジフォートを拠点としつつ、バーキラ王国の王都やロマリア王国の王都の他、サマンドール王国にも商会の拠点を立ち上げていた。

この短期間で、ここまで手広く動けたホーディアの資金力は流石と言えるだろう。

また、ウェッジフォートに店を構える商会の多くが、聖域の出島区画に入る事を許される程度に、善良な商会ばかりなのだが、ホーディアの商会は平気で犯罪まがいの商売もする。

ともあれ、ホーディアは金儲けに関してだけは、驚くほどの才覚を持っていたようだ。


映画についての情報が、ウェッジフォートの外壁近くにあるアジトに届けられた。

家宰(かさい)の男が、このアジトの主人……タクミ達からエルフの皮を被ったオークと呼ばれているホーディアに報告書を手渡す。

「旦那様、バーキラ王国の王都から報告が入っています」

「ふむ。どれ……ナニ⁉　これは本当なのか！」

報告書を流し読みしたホーディアは、思わず二度見すると興奮して立ち上がる。

そして尋ねる。

「映画とは、どういうものだ？」

「は、はい。報告によると、絵画や写真と違い、動く絵だと聞いています」

「ほお！　儂の天使が動く絵を見られるというのか！　間違いなく、天使は見られるのだな！」

「は、はぁ、バーキラ王国の王都では、そのような情報が解禁されているそうです」

ホーディアは以前からソフィアに執着していたが、エトワールの存在を知ってからは彼女を天使と呼んで、出回る写真をいつも眺めるほどだった。

映画についてはアカネが映画館にポスターを貼り出し宣伝しているので、新しいもの好きの貴族などの富裕層が、詳細を知ろうとかなり盛り上がっていた。

貴族のご婦人方は、お茶会やパーティーで、誰よりも早く流行を語りたいのだ。

しかし、興奮していたホーディアがある事に気付き、急に冷静になる。

バーキラ王国の王都にある映画館の話をしているが、他の場所にはないのか？

それはホーディアにとっては重要な事だった。

「その映画館とやらは、バーキラ王国の王都にしかないのか？」

「いえ、ユグル王国の王都にも建設しているそうです。現在は、その二ヶ所のみのようです」

「むぅ、ではバーキラ王国の王都一択ではないか」

ユグル王国から逃げ出し、犯罪者として追われるホーディアは、流石にユグル王国の王都にある映画館へは行けない。

「旦那様、バーキラ王国も危険ではありませんか？」

「勿論、魔導具で変装する。人族などに変装するのは屈辱(くつじょく)だがな。それに儂を追っているのはユグル王国じゃ。バーキラ王国ではない」

「それはそうですが……」

「魔法に長けたエルフならいざ知らず、人族どもに見破られるほど変装の魔導具は安くないわ」

ホーディアに古くから仕える家宰の男が忠告するも、ホーディア自身は心配していないようだ。

三ヶ国同盟とは言うが、三ヶ国間での犯罪者の引き渡し条約などはない。

ユグル王国で、あれだけの暴挙を仕出かしたホーディアだが、ユグル王国から追われる事はあっても、バーキラ王国やロマリア王国から追われる事はない。

勿論、バーキラ王国やロマリア王国内で犯罪を犯した場合は、その限りではないが、現状ホーディアがバーキラ王国の王都に行く事は可能だった。

ただ、流石にホーディアの姿のままではまずい。バーキラ王国の王都にもユグル王国の騎士はいるのだから。

そこで変装の魔導具なのだが、ホーディアは人族をとことん下に見ているので、看破される事はないと自信を持っている。何故なら、ユグル王国製の変装の魔導具は、大半のエルフをも欺くほどの性能を誇るからだ。

「それで王都の拠点の方はどうなっておる？」

「商業区の一等地とはいきませんが、それなりの立地の建物を確保いたしました」

「まあ、立地は望むまい。貴族区画に近すぎると、その分危険性が上がるからな」

ホーディアが起こした商会の支店が、各国の王都に設けられていた。目立ちすぎず、それでも比較的いい立地だ。

——ホーディ商会。

あまりに捻りのないネーミングに、逆にユグル王国もホーディアとの関連を疑わない。

「それでバーキラ王国の中枢と縁を繋げそうか？」

「なかなか難しいです。サマンドール王国などは関係を築くのも楽なのですが、バーキラ王国とロマリア王国は、王族と周辺が腐敗していないようで……」

「なら、位だけ高く腐った奴らを狙うのだ。何処の国にもそういう奴らはいくらでもいるはずだ」

相変わらずホーディアは、まともな商売をするつもりはないようだ。なるべくたくさんの利益を上げるという事にしか興味はない。

そうなると顧客としては、腐敗した貴族が一番いい……というのが、ホーディアの自論だ。

ただ、ここのところバーキラ王国の国家運営は上手くいっている。役人の不正にも厳しく、腐敗した貴族も容赦なく潰す。それ故に、狙いどころが難しい。

「旦那様、近づくのなら貴族派でしょう。貴族派のトップであるランズリット公爵は、ロボス王に対してあまりいい感情を持っていないと聞きます。中立派は旨みがなさそうです。トップであるバキューラ公爵は、ロボス王との関係も悪くないらしいですから」

「ふむ。とはいえ、新興の商会がいきなり公爵家に接触するのは無理だな。脇の甘そうな取り巻きの貴族を探れ」

「はい。お任せください」

ホーディアの口角が上がり、クックックッと肩を揺らして笑う。

「面白くなってきたな。ロボス王の治世が上手くいっていればいるほど、それを面白く思わない者は出てくるものだ。ランズリット公爵か。確かかなりの野心家だと聞いた事がある。繁栄に浮かれたバーキラ王国を揺さぶれるかもしれんな」

ホーディアにとって、他人の繁栄ほど腹立たしいものはない。それこそ己の手で壊してしまいたい衝動にかられるほどに。

しばらくの間は、ユグル王国には入れない。ホーディアとしては、ユグル王国をめちゃくちゃにしたい気持ちは今でもあるが、現状は不可能だと言える。

そしてバーキラ王国やロマリア王国、サマンドール王国やトリアリア王国などの多種族国家などには興味もなかった。見下す対象でしかない。

ただ、ここ数年聖域のお陰で——ホーディアはそう思っている——めざましい発展をとげたバーキラ王国とロマリア王国、ユグル王国の同盟三ヶ国を面白くないと思っていた。

自身がウェッジフォートで隠れるように暮らす事になり、余計に苛立ちがある。ほぼ妬みなのだが、ホーディアとはそんな男なのだ。

「ランズリット公爵か。儂のために踊ってくれると面白くなるのだがな……」

ホーディアの暗い笑い声が、ウェッジフォートのアジトに響いていた。

14 映画の始まり

その日は、聖域の人達も待ちに待った日だった。

聖域の映画館が完成して少し経ち、アカネによる編集が終わった、聖域を紹介するドキュメンタリー映画と、「桃太郎」をモチーフにした映画が完成し、本日上映の初日を迎えたんだ。

「パパ、楽しみ?」

「ああ、エトワールや春香、フローラの活躍が見られるからね」

隣に座るエトワールが、わくわくして聞いてきた。勿論、楽しみなのは間違いない。可愛い娘達を大画面で見られるんだから。

「ほんと?」

「やったー!」

素直に答えると、春香やフローラも嬉しそうに笑う。

今日、バーキラ王国やユグル王国の映画館に先んじて、聖域の映画館で初めて上映される。まぁ、アカネやルルちゃん、シルフ達大精霊は、事前に試写会で見ているんだけどね。

映画は、聖域の自然や住民の暮らし、聖域騎士団の訓練風景、最近あった未開地での魔物のプチスタンピードなんかを撮影したドキュメンタリータッチのもの。そして、「桃太郎」をモチーフにしたものの二本立て。

今まで、この世界にはなかったものだから、アカネも考えて一本の長さを短めにしたみたい。だから、二本立てでも二時間ちょいだと聞いている。

映画館は、聖域の住民で満員だ。それでも一回の上映では見られない人が大勢いるので、アカネとしては一日に数回、二、三ヶ月上映したいと言っていた。

聖域に住む人達も、小さな子供達以外は仕事を持っているからね。

エトワールや春香、フローラの手には、紙コップに入ったそれぞれの好みのジュース。その中には、キャラメル味のポップコーン。反対側の手には、紙製の大きなバケツ。

これもアカネからのリクエストで用意した物だ。映画館にはつきものだからね。

ポップコーン用のとうもろこしは、以前にドリュアスにお願いして手に入れていたので、今でもある程度の量は作付けしている。

ただ、ポップコーンを大量に作るためのポップコーンマシーンを魔導具として作らないといけなかっただけだ。

そして当然のように、バーキラ王国とユグル王国の王都に建てた映画館にも欲しいと言われた。

いや、いいんだ。魔導具だけなら、素材さえあればいくらでも錬成出来る。

でも、ポップコーン用のとうもろこしは爆裂種と呼ばれる種類が必要になる。

ある程度作付けしているとはいえ、バーキラ王国やユグル王国で流行ってしまうと足りなくなるんだ。だからといって作物は直ぐには増やせない。

僕は、大慌てでパペックさん経由で、爆裂種のとうもろこしを増やすよう手配したよ。

ボルトン辺境伯領辺りなら、農地に余裕があるだろうし、旧シドニアなら特産品に出来るかもしれない。まあ、それでもしばらくは足りないだろうけどね。

まだかまだかと子供達がそわそわし始めた時、照明が暗くなり一本目の映画が始まった。

精霊の泉越しに映る精霊樹の画から映画はスタートした。

聖域の音楽隊が奏でるＢＧＭが鳴り、季節の花々が咲く。聖域にしか存在しない花や木。その花々の上で、ぼんやりと光り踊るのは妖精達。普段から光っているわけじゃない。撮影という事で張り切ったみたいだ。

今では創世教の総本山のような扱いとなってしまった教会は、ドワーフやエルフの職人渾身の彫り物が外壁や内装を飾り、僕がこだわったステンドグラスも幻想的な雰囲気を演出している。

そして映像は音楽堂に移り、その外観から中の画になり、ＢＧＭを奏でる音楽隊の姿を映す。

その後、聖域の色々な場所を住民を映し込みながら紹介していく。そこにエトワールや春香、フローラの他、ケットシーの姉妹ミリとララ、猫人族のサラ達の姿も見える。

次に映像は、聖域騎士団を映す。

この世界では見られない巨大な格納庫。そこからゆっくりと現れるガルーダとサンダーボルトの勇姿。

ガルーダのハッチが開き、そこに陸戦艇サラマンダーが搬入されると、飛び立つ二機のサンダーボルトと一機のガルーダ。

カットが移り変わると、サンダーボルトの対地攻撃から滑走路設置。そこにガルーダが降り立ち、ハッチが開き、サラマンダーが展開する。

（これ、聖域の戦力を知らない人が見たら怖がるんじゃないかな）

聖域の騎士団と合同訓練をしている人や、黒い魔物の氾濫時、聖域騎士団を見ている人以外は驚愕なんてものじゃないかも。

場所は当然の魔大陸。こんな訓練、魔大陸じゃないと出来ないからね。魔大陸自体を知らない人も多いだろうから、そこに驚く人もいるだろうな。

再び画は切り替わり、今度は未開地のプチスタンピードを訓練代わりに倒す光景。

新兵訓練なんだけど、アカネとルルちゃんがグライドバイクを使って撮影しているから、凄く迫力がある映像になっている。

客席から歓声が上がっている。非番の騎士団員かな。ひょっとして自分達が映ってたのか？

映像は、再び聖域の中の画に変わる。

「うわぁ……シルフやウィンデーネ、ドリュアスにセレネーまで。映ってよかったの？　これ、ユグル王国で大変な事になりそうなんだけど……」

聖域では普通の事なんだけど、大精霊が普通にそこにいるなんて、情報として話には聞いていても、エルフやドワーフからすれば信じられない事だろう。映画を見た後の反応が怖いよ。

結局、ノームやサラマンダーも酒造所でドワーフ達といるところが映っていて、引きこもりのニュクス以外は勢揃（せいぞろ）いって事になる。

その後も、聖域の音楽隊、いわゆるオーケストラが奏でる音楽をバックに映画は進む。

これ、ドキュメンタリーというより、聖域のコマーシャル映像だな。

一本目の映画が終わると、少し休憩に入るのだけど、誰も席から立ち上がらない。どうやら感動しているみたいだ。

いや、自分達の暮らす場所が映っていただけだと思うけど、映画を初めて見た人はそうなるのかな。アカネがトイレ休憩を促すと、ポツポツと立ち上がって出ていく人もいる。

もう一本の映画の前に、子供達に確認する。

「皆んな、おトイレは大丈夫？」

「うん、平気だよ」

「わたしも」

「パパ、フローラはオシッコ」

「タクミ様、私が連れていきます」

「いいよいいよ。マーニは座ってて」

フローラがトイレに行きたいらしいので、マーニが一緒に行くと言ってくれたけど、ここは任せてもらおう。娘とのスキンシップは大事だからね。

フローラと手を繋いでトイレ前に並ぶ。トイレの数は多めに作ったから順番は直ぐに回ってくる。

「ほら、行っておいで」

「うん！　パパ、待っててね！」

「大丈夫、ちゃんと待ってるよ」

フローラがトイレに入っていくのを見届け、僕は少し離れた場所で待つ。

少しするとフローラがにこにこ笑顔で駆けてきた。

「パパ、お待たせ！」

「じゃあ、戻ろうか」

抱きついてきたフローラを受け止め、皆んなの待つ席へと戻る。


二本目は、日本の昔話「桃太郎」をこの世界風にアレンジした映画。そのタイトルは「精霊の愛し子達」。イヤイヤ、僕の子供達が精霊の愛し子だってバラしているじゃないか。

僕がアカネの方を見ると、フンッと鼻で笑われた。

「そんなの聖域の住民だけじゃなくて、ユグル王国の人達も知ってるのに、今さら何言ってるのよ。ノムストル王国の人達も知ってるんじゃない？」

「そ、そうだったね」

そうだ。エルフやドワーフには精霊を通してバレバレだった。確かに今さらだ。

僕の複雑な心境を他所に、エトワールや春香、フローラを主役にした「精霊の愛し子達」が始まった。

桃太郎では、川で洗濯していたお婆さんが、流れてきた大きな桃を拾うところから始まるのだけど、流石にその辺は変えてあった。

ナレーションベースで進む序盤。精霊の導きにより拾われた種族の違う三人の赤子。その子供達が、人々を苦しめる鬼退治に立ち上がる。

その過程で、人族、ドワーフ、エルフ、獣人族の仲間を得て、とうとうオーガの集落へとたどり着く。

そこから始まるオーガやゴブリンとの戦闘なんだけど……

「弱体化しているのは分かるけど、少しハードすぎじゃないか？　エトワール達はまだ四歳になったばかりだよ」

「聖域騎士団のサポートがあって、私やルル、カエデがいたんだから何も問題ないわよ」

スクリーンを見ながらアカネに文句を言うも、心配しすぎだと言われる始末。

「……でも、凄い迫力がある映像だね」

「でしょう。カット割にはこだわったし、そのためにカメラマンも鍛えたもの」

たくさんの魔物の中を駆け回り、豪快に暴れるヒースさんやゴランさん。堅実な騎士流の剣を振るうフランさん。レーヴァは杖術と魔法で無双している。

その四人に護られながら、エトワール、春香、フローラが、幼児らしからぬ剣捌きを見せている。

戦場の中、エトワール達を追う映像と、引きの映像。軽快なテンポの音楽をＢＧＭに、時にはカットが激しく切り替わる。

この部分だけ見れば、凄くいいアクション映画だと思うけど、この世界の人達にいきなり見せて

大丈夫だろうかと心配になった。

そんな僕の心配を他所に、二本目の映画も聖域の住民達には大好評だった。

次の日からも、午前と午後の二回上映をしばらく続けるそうだ。

そしてルーミア様とミーミル様は、次の日にユグル王国へと急いで帰っていった。

ユグル王国の王都に建てた映画館の上映初日に参加するためだ。王妃と王女不在では流石にまずいか。

15 豚、王都へ

聖域での映画の上映が、大好評をもって住民達に受け入れられ、ユグル王国での上映を控えたルーミアとミーミルがユグル王国に帰国した。

ちょうど同じ頃、聖域とバーキラ王国、ユグル王国とを結ぶ城塞都市ウェッジフォートから一台の馬車が出発した。

いくつもの魔導具で擬装された馬車は、一路バーキラ王国の王都へと急ぐ。

「チケットは大丈夫なんだろうな」

「はい。可能な限りの枚数を確保しています」

「うむ。でかした」

家宰の男から納得のいく答えが返ってきて上機嫌なのは、ご存知エルフの皮を被ったオークこと、ホーディア元伯爵。

「うーむ。ユグル王国からウェッジフォートまでもだったが、ボルトン辺境伯領までの街道も憎らしいほど整えられておるな」

「はい。これほど揺れが少ないと、馬車の移動が楽ですな。特に今は速度を上げていますから」

ホーディアの乗る馬車は、タクミが開発した馬車とは違い、豪華でたくさんの魔導具を装備してはいるが、サスペンションが存在しない従来のものだ。

「バーキラ王国製の馬車であれば、悪路でも揺れは少ないそうですが……」

「フンッ、人族が作った馬車など乗れるものか。エルフの矜持が許さん」

ホーディアはその辺り、徹底していた。

どんなに優れたものでも人族が作ったと聞くと興味を失う。素材や食糧ならまだいい。だが、馬車のような技術や芸術に関わってくると、途端にエルフ製にこだわる。

それ故、タクミが開発してパペック商会が販売する馬車がどれほど優れていようが、欲しいとは思わない。

　とはいえ、商売となると人族やドワーフ、エルフ関係なく、儲けになれば何にでも飛びつく貪欲(どんよく)な男なのだが。

「それはそうと、王都の拠点の整備は完了したのか?」

「はい。前にもお伝えしましたように、貴族区画とはいきませんが、商業区画でもそこそこいい場所に」

　これから向かうバーキラ王国王都の拠点について、家宰から返ってきた答えに憮然(ぶぜん)とするホーディア。

「このホーディア様の商会が、そこそこの立地で我慢せねばならぬとは、腹立たしいがここは仕方あるまいな」

「旦那様、今は我慢です。商会が大きくなれば、一等地に大きな拠点を作る事も叶うでしょう」

「分かっておる。そのために、反主流派と繋がる事が肝要なんじゃからな」

　立ち上げたばかりの商会の拠点がそこそこの立地なのは当然なのだが、他種族を見下しているホーディアとしては腹立たしい事らしい。

　そんな状況を脱するためにもバーキラ王国内で影響力を強めようと、反主流派と結ぶ事を目標としている。

「人族の配下はどんな感じだ？」

「商会の末端ですから、頭数だけは確保してあります」

「擬装の魔導具は足りておるのか？」

「はい。ノムストル王国やサマンドール王国から追加で仕入れましたから、数は大丈夫です」

ホーディアの部下の大半は、ユグル王国にいた時から付き従う者達なので種族はエルフだ。

当然、バーキラ王国やロマリア王国、サマンドール王国でも目立つ。それ故、ウェッジフォートで活動する時もほとんどの者が擬装の魔導具を装着していた。

今回、バーキラ王国やロマリア王国の王都に拠点を設けるにあたって、エルフは全員が魔導具をつける必要があった。

現地で人族の従業員を雇うにも、こちらの素性（すじょう）を悟（さと）らせないよう擬装の魔導具は必須だった。


やがてホーディアを乗せた馬車は、ボルトン辺境伯領に到着する。

「旦那様、今日はこのボルトンで一泊いたします」

「ふん。仕方ないか。まぁ、そこそこの街だ。それなりの宿はあるだろう」

「はい。ここはバーキラ王国でも栄えた街となっています。あのウェッジフォートの街の建設事業は、ボルトン辺境伯が主体となっていると聞きます」

「確かウェッジフォートは、ボルトン辺境伯領の飛地だったな」

ホーディアはボルトンでも一番の高級宿で、最上級の部屋を取る。

四階建ての最上階の広い部屋の窓から街の景色を臨むホーディア。

「ウェッジフォートは、新しい街だから綺麗なのは分かるが、この街も清潔で整っているのは何故だ？」

「ユグル王国やロマリア王国にも普及し始めていますが、あの浄化魔導具付き便器は、この街から普及したそうです。同時に、下水の浄化をする魔導具もこの街が一番に導入したようですから。街が清潔なのはそのせいだと思われます」

タクミとパペック商会が組み、浄化の魔導具付き便器を大々的に売り出したのは、ここボルトンからだ。

ボルトン辺境伯が後ろ盾となり、浄化の魔導具をバーキラ王国に普及させたお陰で、今ではそれなりの規模の街や村にまで行き渡っている。

「ああ、あの浄化の魔導具か。最初は便器に浄化の魔導具を使うなどありえんと思ったが、一度経験すると手放せぬのは分かる。ただ、それを発明したのが人族というのが気に食わん」

「相手は、精霊樹の守護者で聖域の管理者ですから」

「それが一番気に食わんのだ。我らエルフを差し置いて、人族の小僧(こぞう)が聖域を牛耳(ぎゅうじ)るなど、フォルセルティは何故許しておるのだ」

浄化の魔導具の話になると、その開発者の名前を思い出すのは仕方ない。それが欲してやまないソフィアの主人だというのだからなおさらだ。

今では、ユグル王国の王都など都市部にまで普及した浄化の魔導具付き便器と、下水用の浄化の魔導具。

ホーディアも当然、いち早く手にしたくちだが、その発明者があの憎きタクミであると知って癇癪を起こしたほどだ。

だからといって今さら浄化魔導具付き便器なしの生活など考えられないのだが、それが余計にホーディアをイライラさせる。

「ボルトンの状況は？」

「ここはパペック商会の本拠地ですから。食い込むのは難しいかと」

「治安はどうだ。悪ければやりようがある」

「いえ、騎士団は精強で、冒険者もゴロツキは直ぐにギルドにより排除されるようです。何故か犯罪組織の類いも根付かず、いつの間にか消えているそうです」

「厄介な土地だな」

ホーディアにとっての良い土地は、治安がある程度悪く、手足になる犯罪組織が複数ある場所だ。

さらに言えば大商会よりも中小の商会がいくつもあるのが望ましかった。

だが家宰からの情報では、治安は良く不思議な事に犯罪組織も存在しない。

なら自分が犯罪組織のアジトを置けばいいと思いそうだが、それは危険だと感じる。ホーディアのアンテナは鋭かった。

ボルトンで犯罪者が根付かない理由は、カエデが暇つぶしにパトロールしているからだ。犯罪組織がアジトを作ろうとしても、直ぐに消えてしまうのはカエデの仕業だった。


ボルトンに拠点を置く事を諦めたホーディアは、翌朝早くに王都に向け出発した。

ボルトン辺境伯領からロックフォード伯爵領までの街道はこれまでと同じように整えられている。

これは、ボルトン辺境伯とロックフォード伯爵の仲が良い事が大きい。

「道が悪い場所があるな」

「そういう場所はどうやら、貴族派の領地のようです」

「ふん。時流に乗れず反主流派となり没落しつつある派閥か」

「はい」

「それだけに、儂らが食い込む余地がある」

バーキラ王国の王都から、ロックフォード伯爵領、ボルトン辺境伯領を経由してウェッジフォート、バロル、聖域へと向かう街道は、黄金街道と呼ばれるくらいに栄えている。だが、その中でもどうしても街道の質には明確な差がある。
聖域からウェッジフォート、ボルトンまでの街道は、タクミの手による道なので、ほぼメンテナンスフリーの非常に整った道だ。ボルトン辺境伯領からロックフォード伯爵領までの街道も、古くから整備を続けている。

ただ、これが貴族派の領地となるとガタッと道のレベルが落ちる。

全てではないのだろうが、貴族派の領主は自領の整備よりも派閥闘争やパーティーが大事らしい。

ホーディアの乗る馬車は順調に進み、王都を臨める場所に差しかかる。

「ほぉ、人族の国にしてはマシな王都だな。バキラトスか、よく分からん名前だ」

「バーキラ王国の王都バキラトスは、その湖に浮かぶように見える城が有名です」

「ああ、そこだけは認めてやってもいいな」

別に誰もホーディアに認めてもらいたくはないだろうが、その景色は気に入ったようだ。

「まぁ、そんな事よりも儂が遥々(はるばる)ここまで来たのは、我が天使の動く絵とやらのためだ。その他はついでだ」

「上映初日は、王族や高位貴族達、有力者が集まりますので警備も厳重でしょう。色々と動けるのは、それ以降になると思います」

「ふん。仕方ないな。しばらくは王都でのんびりするか」

何はともあれ、今回のホーディアの目的は、ただ一つ。エトワールが出演する映画を見る事だけ。

それ以外のあれこれはついでだ。

馬車は進む。人族の何倍も生きながら枯れる事ない男を乗せて……

16　大ヒット御礼

今日は、バーキラ王国の王都バキラトスで映画の初日。僕――タクミは、朝早くから屋敷の地下の転移ゲートを使って王都まで来ていた。

子供達も来たがったけれど、それはソフィア達母親に止められていた。ソフィア達も小さな赤ちゃんがいるのでお留守番だ。

今回、王都行きのメンバーは、護衛として聖域騎士団数名と団長であるガラハットさん、その妻であるコーネリアさん。

宰相のサイモン様の妻で、いつもは聖域で仕事をしてくれているロザリー夫人。あとはアカネとルルちゃん、そして僕だ。

コーネリアさんとロザリー夫人は、映画を見るついでに息子や孫に会うため、久しぶりに王都に戻ってきた。

「では、イルマ殿、儂は陛下に挨拶をしてきますぞ」

「はい。よろしくお伝えください」

ガラハットさんが、王族のボックスシートに挨拶に行った。コーネリアさんやロザリー夫人も一緒だ。

王族に用意したボックスシートは、この映画館で一番広く作ってある。近衛騎士が護衛をするし、身の回りの世話をする侍女も何人もつくからね。

因みに、僕達のボックスシートは、二番目に広く豪華だったりする。これは、僕が聖域の代表者だって事もあるけれど、この映画事業の主体となっているのが僕達だからだ。

とはいえ、もの凄く睨んでくる人もいるんだけどね。

「ランズリット公爵よ」

「えっ!?」

「タクミが気にしているのは、こっちを忌々しげに睨んでいるあの豚の事でしょう?」

「ちょっ、アカネ、公爵を豚って言っちゃダメだよ」

僕が悪意ある視線を気にしていると、アカネがその視線の主を教えてくれた。ただ、仮にも公爵を豚って呼ぶのはまずいと思う。

　そうこうしているうちに、ガラハットさん達が戻ってきた。ただ、一緒にサイモン様も僕達のボックスシートへと入ってきた。

「お久しぶりです」

「久しいのイルマ殿。儂も早く隠居して聖域でのんびりと暮らしたいのぅ」

「ハ、ハハッ、いつでもお待ちしています。それで僕に何か？」

「いや、久しぶりにイルマ殿の顔を見ておこうと思っただけじゃ。ほれ、貴族家の最高位で貴族派のトップにありながら、不躾（ぶしつけ）な視線を送ってくるような馬鹿を相手にしたり、王都で政治の中枢に長くいると、ほとほと疲れるからの」

「そ、そうなんですか」

　サイモン様が疲れた表情で、チラッと僕に悪意ある視線を送ってきている人を見て言う。

　一国の宰相とはいえ、相手は公爵家。しかも貴族派のトップらしい。

　公爵なんて、僕なら近づきたくないな。

「まぁ、タクミくんが、あの俗物に関わる事はないわ。貴族派の人間全員聖域の結界は抜けられないもの」

「ロザリー様、一応遮音（しゃおん）結界を張ってますけど、公爵家相手にまずいですって」

「大丈夫よ。陛下の足を引っ張る事しか考えていない奴らなんて、この国にいる意味がないもの」

「うわぁ」

ロザリー様の辛辣な口撃が止まらない。以前、よっぽど嫌な事があったのかな。

サイモン様が王族のボックスシートに戻り、僕は周囲を見渡す。一般席では、手にポップコーンのバケツを持つ人が多く見られる。

「結局、ポップコーンは売ったんだね、アカネ」

「ドリュアスにお願いして大量生産したからね」

「また無理させて」

「大丈夫よ。ワイン一ダースで受けてくれたわ」

「ドリュアス……」

やがて上映の時間になり、聖域の紹介映像となる一本目が始まったのだけど、案の定、聖域騎士団の装備と強さにどよめきが起こった。

勿論、陛下やサイモン様、近衛騎士団、ボルトン辺境伯やロックフォード伯爵は知っているので平静だ。陸戦艇のサラマンダーを配備しているからね。それに魔大陸での訓練ではガルーダにも乗っている。

だけど一部の中立派とほぼ全ての貴族派は知らない事の方が多かったみたいで、その驚きは大きかったようだ。近衛騎士団に配備された陸戦艇サラマンダーに関しては探れば分かるだろうし、国も隠していないはずだから、知っている者は知っているかな。

そしてまた空気が変わったのが、聖域の景色にエトワールや春香、フローラ達が映った時だった。

「ちょっと、興奮した声があちこちから漏れてくるんだけど」

「この世界にこんなにロリコンがいたなんて……」

「気持ち悪いニャ」

興奮した野太い声が、一ヶ所じゃなくあちこちから聞こえた。アカネが頬を引き攣らせ、ルルちゃんはストレートに吐き捨てた。

「これ、桃太郎の方はもっと酷い反応になるんじゃないかな」

「桃太郎じゃないわよ。精霊の愛し子達よ」

「いや、そこじゃなくてさ」

聖域の紹介映像の方は、エトワールや春香、フローラの出演時間はそれほど長くない。それでこの反応だと、もう一本の「精霊の愛し子達」の方はどうなるのやら。

これ、早くバーキラ王国でオリジナルの映画を撮ってもらわないとダメだな。

◆

　ランズリット公爵とその息子ラハルは、あるボックスシートの方向を睨みつけていた。

「聖域の管理者か精霊樹の守護者か知らんが、生意気にも儂らと同等の席を占有するとは、身のほど知らずも甚だしい」

「父上、ここは我慢です。この映画館とやらも、奴らが主導らしいですから」

「分かっておる」

　マハルは、タクミを平民として認識している。そのせいで、一般席ではなく貴族用のボックスシートを占有しているだけで腹立たしいのだ。

「ロボスもロボスだ。儂からの王子や王女への婚姻の申し込みを、考えるまでもなく断りよって……」

　婚姻の件はマハルにとって、何度ぼやいても怒りが収まらない出来事だったのだろう。ラハルも頷いて言う。

「三男三女、全て正妃との間にもうけるとは、驚きですけどね」

「ああ、昔、我が派閥から側妃を押し込もうとしたが、鼻で笑って断りおった馬鹿だからな」

「第一王子の家庭教師に、派閥の人間を捩じ込みますか？」

「……捩じ込むなら第二王子か第三王子だ」

「そうか。後継者争いを起こさせるのですね」

「ああ、今に見ておれ。我が国の繁栄も、未開地の富も聖域の宝も手に入れてやる」

マハルは底なしの野心を漲らせ、それを息子のラハルは頼もしく感じ、尊敬の目で見ていた。

だが、この後直ぐに絶望を突きつけられる。

始まった一本目の映画。そこに映し出される聖域の風景を見て、それを我が物にしたい気持ちが強くなる。

そして大精霊が実際に顕現し、聖域の住民と共にいる事に驚愕する。そこまでは、マハルもまだ冷静だった。

聖域の子供達。エトワール、春香、フローラが、ケットシーの姉妹ミリとララや猫人族のサラと楽しげに遊ぶ光景を見るまでは。

「ふぉ⁉　ほぉぉー‼」

「ほ、欲しい……」

マハルが思わず声を上げ、ラハルも願望を口にしてしまう。よりにもよって、親子揃ってロリコンだった。

◆

ランズリット公爵の声は、一際豪華なボックスシートにも聞こえていた。

「気持ち悪い声を上げおって」

「陛下、本当の事ですが、人のいないところで言ってください」

嫌悪感を隠しもせず言うロボスに、サイモンが一応嗜(たしな)める。

「そうですよ、陛下。子供達の前です。言葉遣いに気をつけてください」

「分かってる、妃よ。それでも言わずにはいられなかったのだ」

「お気持ちは分かります」

ロボスを嗜めるもう一人。ロボスの正妃であり六人もの子供を産みながら、その若々しさは少しも衰(おとろ)えない美魔女。プリムローズ・バーキラ。

「僕の婚約者が、ロマリアの姫でよかった」

「僕のメルティも中立派だからね。貴族派となんてゴメンだよ」

そう話すのは、長男で第一王子のロナルドと次男で第二王子のリッグル。十四歳と十二歳だが二人とも既に婚約者は決まっている。ロナルドがロマリア王国の王女と、リッグルは国内の中立派の侯爵令嬢と、十歳になる前に決定していた。

「おねーさま。ティアもアソコにいきたい」

「僕も！　僕も行きたい！」

「フフッ、ティアもランカートも遠出をするのは、もう少し大きくなってからね」

「そうね。聖域は大陸の西の端だから遠いのよ」

聖域の映像を見て目を輝かせ、行ってみたいと言う女の子が、末っ子の第三王女クローディアで愛称はティア。

エトワール達と同じ年齢だが、早熟なエトワール達と違い、年相応のように見える。

そのクローディアと一緒に声を上げげたのが、第三王子で六歳のランカート。

その二人をなだめているのが、十三歳の第一王女ブリジットと十二歳の第二王女でリッグルとは双子の兄妹でもあるサーシャ。

ロボスとプリムローズの子供達は、全員仲が良く、いい関係を築けているようだ。子供達の気質によるところもあるだろうが、全員が実の兄弟姉妹という事も大きいだろう。

◆

やがて映画が、聖域騎士団の訓練から実戦の光景へと移ると、聖域騎士団の装備や実力を知らなかった者達は、一様に顔を青くする事になる。

その衝撃は、国王と反目する貴族派のトップであるランズリットに一番効いたようだ。

「な、なんじゃアレは？」

「あのような空を飛ぶ巨大な乗り物があるというのか……」

サンダーボルトによる対地攻撃からの滑走路設置。

そしてガルーダの着陸、陸戦艇サラマンダーの発進という訓練映像を見たマハルとラハルは冷や汗をかき、顔色を青くする。

「あ奴は近衛騎士団の団長だった男ではないか」

「確か、今の近衛騎士団の団長は、その息子だったと思います」

「そんな事より、なんだあの強さは？　ランズリット家の領都に出没すれば壊滅するであろう魔物を、流れ作業のように葬り去っているではないか」

「父上、あの地面を走る金属で覆われた乗り物の噂は聞いた事があります。我が国の近衛騎士団やユグル王国の騎士団にも配備されているらしいと」

ラハルは、サラマンダーの事は噂レベルで知っていたようだ。黒い魔物の氾濫終息時、ユグル王国の陸戦艇が、バーキラ王国を通り抜けロマリア王国から帰ったので、目撃情報は多数あったのだ。

それに比べてガルーダやサンダーボルトは、低い高度では飛ばないので、マハルやラハルがその存在を知る事はなく、今回受けた衝撃は大きかったようだ。

◆

そしてあの男は、人族に偽装してボックスシートでは一番廉価な席で映画を見ていた。

「おおっ、旦那様、精霊樹ですぞ。なんと⁉　あの御方は、大精霊様！」

「そんな事で興奮するな。儂らを拒絶した精霊など滅すればいいのだ」

「な、なんと……」

家宰の男が聖域の風景や大精霊の姿に興奮するなか、それを咎めるのはエルフの皮を被ったオーク、ホーディアだ。

あろう事か、精霊に信仰心厚いはずのエルフが、大精霊に対して滅すればいいなどと宣った。流石に長年付き従う家宰の男も唖然としている。

「しかし、何とか我が手に入れる事が出来ぬか……おお！　儂の天使‼」

聖域の結界を抜けるなど、一千年経っても不可能なホーディアだが、まだ聖域を諦めていないような発言をしたかと思うと、突然興奮した声を上げる。

エトワールの姿が大きくスクリーンに映ったからだ。

ホーディアの目には、隣にいる春香やフローラの姿は映っていないかのようだ。鼻息荒く、顔も赤みが差し酷く気持ち悪いのだが、それを指摘する人間はここにはいない。

その後、聖域騎士団の活躍が描かれる映像に移ると、途端に興味を失うホーディア。

この男、エトワール以外はとことんどうでもいいようだ。

「だ、旦那様、巨大な空を飛ぶ乗り物とは、なんとおそろしい物を聖域は造るのでしょう」

「そんな事はどうでもいい。儂の天使は出てこぬのか」

家宰の男にとって、自分の主人が敵視する相手が、想像を絶する力を持っていたというのは、かなり重要な事だった。

しかし、当のホーディアはといえば、幼いエルフの子供の事しか頭にない。

そして一本目が終わり、少しの休憩の後始まった「精霊の愛し子達」。

映画館のあちこちで、ホーディアと同じような声を上げる人間がチラホラと見受けられた。

◇

エトワール達をお留守番にしてよかった。本当によかった。

「ねえアカネ……」

「言わないでタクミ。私も想定外だわ」

「気持ちの悪いブタがいっぱいニャ」

「大丈夫かバーキラ王国」

一本目のドキュメンタリー映画が終わった時、反応は二つに分かれた。

一つは、聖域をある程度知る人達の、純粋に風景の美しさや大精霊の姿に感激する声。

もう一つは、聖域騎士団の実力や配備されたガルーダやサラマンダーなどを初めて見て驚愕する声。

前者の人達は少数派で、顔を青くしている後者の人達は、聖域など結界に護られているだけで、その戦力は貧弱だと思っていたんだろう。

そして休憩を挟んで始まった「桃太郎」をモチーフにした物語「精霊の愛し子達」は、確かに本物のオーガの集落を使った撮影に驚く人も多かった。

けれど、それ以上にスクリーンに映るエトワール達の姿に、気持ち悪い声を上げる人がたくさんいたんだ。

「ま、まあ、おおむね成功じゃない」

「凄い拍手だったニャ」

「確かに、スタンディングオベーションだったけど……」

アカネとルルちゃんの言葉に、僕は苦笑いだ。

「それで、どんなペースで上映するの？　毎日じゃないって聞いてるけど」

「週一のつもりよ。ポップコーンの生産が追いつかないのもあるけど、しばらくは値段設定を高めにして富裕層を狙いつつ、チケットを取りたくても、なかなか取れないって感じにしたいから。それにバーキラ王国でも撮影が始まっているから、それが完成するまで引っ張らないといけないのよね」

「バーキラ王国とユグル王国でも撮影が始まってるんだね」

「ええ、長くても一時間くらいの映画になりそうだから、そんなに時間はかからないと思うけどね」

そこに笑顔のサイモン様がやって来た。

「大成功じゃな」

「少し刺激が強かったんじゃないかと心配しているんですけど」

「いや、このくらいでちょうどいい」

今回の一本目のドキュメンタリー映画で聖域騎士団の圧倒的な力を示し、その後バーキラ王国の国王派の戦力もそれに近いという情報をリーク。そうして貴族派を牽制（けんせい）する。

それが成功した事がサイモン様が笑顔の理由だった。

これはサイモン様とアカネが悪巧みしていた事だから、僕は事後承諾なんだけど。

「貴族派の面々が青い顔をしていたぞ」

「しかし、そんなに派閥抗争が激しかったんですね。意外でした」

「このところ国王派の力が強くなりすぎたからの。貴族派は、力を落とし派閥を鞍替えする輩も出る始末じゃ」

「それって逆に危ない状況じゃないですか？」

「まあ、そうとも言えるの」

派閥間の抗争は、それぞれ同じくらいの強さなら牽制し合って停滞するけれど、力のバランスが崩れると、むしろ抗争が過激になりそうだ。

サイモン様も分かってはいるが、それでも貴族派のトップであるランズリット公爵の影響力を落としておきたいようだ。

「何はともあれ、映画の成功で我が国に新しい文化と芸術が生まれたと言える。今はそれを喜ぼう」

「そうですね。いずれはお金持ちじゃなくても気軽に見られるようになればいいですね」

その後、サイモン様とアカネが何やら打ち合わせがあると言って、こそこそしていた。

いいんだけど、悪巧みもほどほどにね。

17　影響

　バーキラ王国の王都での映画上映に続き、ユグル王国でも上映の初日を迎え、反応はバーキラ王国以上によかったらしい。

　僕は行かなかったので、アカネとルルちゃん、あとルーミア様とミーミル様から聞いた話なんだけど、バーキラ王国の時みたいに、気持ち悪い声を上げる人はいなかったそうだ。

　これは種族的にエルフにロリコンが少ないのか、また別の理由があるのかは分からないが、ホッとしたのは確かだ。

「大精霊様方のお姿を目にした観衆は、スクリーンに祈り始めたくらいですよ」

「そうですね。幸運な事に、私やお母様は聖域でお目にかかる機会がありますけれど、そうでない方々がほとんどですから」

「大騒ぎになったみたいですね」

「「それはもう」」

　ルーミア様とミーミル様が言うには、大精霊達の姿がスクリーンに映し出されると、映画館の席から降りて跪いて祈る人が続出したらしい。もう映画どころじゃないよね。

「それと、これは想定通りですけれど、エトワールちゃんがユグル王国で大人気なのよ」

「ええ、初日に映画を見た人達の口コミで、次回の上映チケットは即完しましたもの。上映スケジュールを考えないといけないかしら」

「ええ、どうして？　ユグル王国にも子供はたくさんいるでしょうに」

ルーミア様がエトワールを孫や娘のように、ミーミル様は妹のように可愛がってくれるのは、エトワールが生まれた時からだ。聖域に暮らすエルフの人達もエトワールを可愛がってくれる。

だからといってユグル王国で大人気になる理由は分からない。

「何を言っているの、タクミ君。大精霊様の加護を持つエルフなど、エトワールちゃんとセルトちゃんだけなのよ」

「そうです、タクミ様。精霊信仰が盛んなユグル王国で、大精霊様方の愛し子となれば、それだけで特別な事ですから。しかもエトワールちゃんはとても愛らしい子ですもの」

「そうよね。その容姿だけでも人気になるわ」

生まれた時から、ルーミア様とミーミル様の態度でなんとなく分かっていたけど、エトワールは普通にエルフに愛される存在なんだよな。

それ自体は親として嬉しい事なんだけど、行きすぎた推し活の対象になりそうで心配だ。

「恥ずかしながら、他種族を下に見る傾向のあるエルフですが、春香ちゃんやフローラちゃんをも可愛い、可愛いと絶賛していますもの」

「そうね。セルトちゃんが生まれた事を知れば、もっと大騒ぎになりそうね」

「そんなにですか……」

人気なのはエトワールだけじゃなく、春香やフローラもらしい。

それを聞くと、逆に少し怖くなる。聖域に暮らすエルフの人達はそんな事はないけれど、基本的にエルフという人達は、自分達の種族が至高だと考える人が多い。

自然と他種族を見下す人が見られるのだけど、そんな種族から春香やフローラが人気だと聞くと僕の方が困惑してしまう。

アカネを交えてルーミア様とミーミル様から、ユグル王国での映画の反応を聞いていたわけなんだけど、そこにガラハットさんとロザリー夫人が顔を見せた。

「おお、これはルーミア様にミーミル様。ユグル王国での映画上映も大成功だったようで、おめでとうございます」

「ええ、ありがとうございます。今、ちょうどその話をしていたところなのよ」

「そうでしたか。こちらは早速、ガルーダやサンダーボルト、サラマンダーを売ってほしいと問い合わせが殺到しておるようですぞ」

「まぁ、それはあまりにも無謀ではないでしょうか」

ルーミア様が無謀と言うのは当然だ。

どれも売るとなると、おそろしい値段になる。それだけの素材が必要だし、加えて造れるのも現状僕かレーヴァしかいないのだから。

「そうですね。そもそもガルーダやサンダーボルトは、聖域騎士団だけに配備したものですし、サラマンダーにしても少数を販売したにすぎませんからね」

「タクミ君、そんなの放っておけばいいわよ。どうせ馬鹿な貴族派の連中でしょう」

ロザリー夫人は大丈夫だと言ってくれた。

どうやら聖域騎士団の実力や配備された兵器を見て焦(あせ)っているのが、貴族派に属する貴族らしい。

「だいたいガルーダやサンダーボルト、サラマンダーには、ミスリルやアダマンタイトを惜しげもなく使っているが、そんな事が可能なのはノーム様の鉱山を持つ聖域だからじゃ。聖域以外で、あれだけの量のミスリルやアダマンタイトを購(あがな)おうとすれば、国家が傾くわい」

「本当よね。うちの主人も鼻で笑ってたわよ。サラマンダーだけでも正規の値段じゃ買えないのにってね」

「ハハッ、ま、まあ、そうですよね」

ガラハットさんとロザリー夫人の言うように、聖域以外なら必要量のミスリルやアダマンタイトを揃えるなんて難しいだろう。しかも、それを精錬し合金にした状態でとなると、不可能に近いんじゃないかな。

まあ、あの映像を見ちゃうと怖いよな。

同じものを手に入れたいとなるのが普通か。

「ところがあの馬鹿どもは、献上させろと言ってきておるそうですな」

「ええ、陛下も流石に笑っていられなかったようで、きつく叱ったみたいだけど、あの古狸が陛下の言葉を素直には聞かないのよね」

「あの、それって貴族派のトップの公爵ですよね」

「そうよ。ランズリット公爵。俗物中の俗物って有名よ」

「そうなんですね」

確か、王都の映画館で不躾な視線を送ってきたのがランズリット公爵だったはずだ。しかし献上しろはないよね。完全に聖域を下に見ている。

僕的にはバーキラ王国の高位貴族の悪口を聞いているのも憚られるので、無理矢理に話題を変える。

「それはそうと、バーキラ王国側とユグル王国側の撮影の進捗はどうですか？」

「それは私に聞きなさいよ。両方とも順調よ。二ヶ月もかからず上映にこぎ着けるんじゃないかな」

するとガラハットさんやロザリー夫人、ルーミア様じゃなく、アカネが教えてくれた。いや、二ヶ月は早くないか？

「映画を二ヶ月って、早くない？」

「短編映画みたいなものだからね。それにどちらもやる気が凄いもの」

「いや、やる気って……」

「カメラと編集の魔導具は早い段階で貸し出したからね。その時に、今回の映画を私が編集しているところを見せてあるから」

どうやらバーキラ王国もユグル王国も、そう遠くない時期に、オリジナルの映画を上映できるみたいだ。勿論、二時間から二時間半あるフル尺のものではなく、三十分から一時間程度の長さのものになるそうだけどね。

「まあ、いつまでもエトワール達の映画が上映されるよりはいいけど」

「そうね。三ヶ月から最長でも半年かな」

「いや、半年は長いよ」

「タクミ君、あまり短いと見られなかった人が暴動を起こしそうよ」

「そうですよ、タクミ様。既にもう一度見たいという人が多いのですから」

「はぁ、そうなんですね」

ルーミア様とミーミル様が脅すものだから、僕もそれ以上言えなくなったよ。

◆

上映された聖域発の映画は、バーキラ王国の貴族派に影響を与えたが、それ以外にも少なからず衝撃を受けた者はそれなりにいた。

バーキラ国王ロボスや宰相のサイモン、近衛騎士団の団長であるギルフォード以下団員達は、聖域騎士団との合同訓練を通して、彼らの実力は知っていたので、驚く事はなかった。

だが、次代の王候補であるロナルドや、その兄の補佐をする予定のリッグルは戸惑ったのだろう。

映画を見てから直ぐに父親に謁見の申し込みをするも、ロボスは謁見ではなく自室にロナルドとリッグルを呼んだ。

「陛下」

「ここは私室だ。言葉遣いは気にしなくていい。映画の話だろう」

「では父上。小さな弟や妹達は、純粋に楽しめたのでしょうが、私やリッグルはそこまで幼くはありません。将来、跡を継ぐ身としては考えさせられました」

ロナルドは、近衛騎士団が精強な事や陸戦艇サラマンダーが配備されている事は知っていたが、聖域騎士団は想像を遥かに超えていた。

「怖くなったか？」

「はい。空から攻められれば、私達は守りようがありません」

「確かに、アレは反則だよな。剣なんかじゃ届かないもん」

リッグルが言った。彼は勉強よりも剣を振っていたいタイプの少年で、出来れば六歳になる弟のランカートに兄の内政をサポートしてもらい、自分は騎士団に所属したいと思っているくらいだ。

「まあ心配せずとも、我が国が世界に混沌をもたらすような事がない限り、聖域の矛はこちらには向かんよ」

「それは何故？」

聖域の圧倒的な武力を怖がるロナルドに、ロボスは心配する事はないと安心させるように言う。

ただ、ロボスが語った理由は、ロナルドやリッグルにとって驚愕だった。

「簡単な話だ。これは他言無用だぞ。ユグル王国やロマリア王国の中枢の人間は気付いている事だが、聖域の管理者たるイルマ殿は、創世の女神様の使徒であらせられる。聖域に牙を剥く(む)という事は、創世の女神様に歯向かうに等しい」

「「えっ⁉」」

タクミが自分の事を、女神ノルンの使徒などと言った事はないし、加護を持っているとも言ってはいない。

ただ、聖域の教会でタクミの前にノルンが顕現して祝福を与えたり、創世教の司祭を飛び越えて、タクミに神託（しんたく）がくだったと思われる事もあった。

それ以外にも推測を裏付ける出来事は多い。各国の首脳の共通した認識は、タクミがノルンの使徒だという事だった。

「それにイルマ殿と奥方達。そのお仲間の実力は大陸でもダントツで頭二つ抜けておる。我が近衛騎士団の実力も聖域騎士団との合同訓練のお陰だ」

「父上、僕も訓練に参加したい！」

「おい、リッグル」

ロナルドが窘めるが、ロボスは笑う。

「ハハッ、リッグルにはまだ早い。訓練は魔大陸の魔境かダンジョンで行われるからな。足手まといだ」

「魔大陸……」

「大陸全土が魔境と言われる地ですね」

ロナルドとリッグルは、魔大陸というワードにポカンとする。

ロナルドは次期国王という事もあり、国内外の事を学んでいる。その過程で、サマンドール王国の南にある魔大陸の事もおおまかには知っていた。

「なに難しい事はない。聖域とは誠意を持って付き合うだけだ。そうすれば我が国の利に繋がる」

「……分かりました。決して悪意を持って向き合わないよう肝に銘じます」

「うむ。それでいい。今は聖域より映画という新しい文化がもたらされた事を喜べばいい」

「「はい」」

ロボスは、優秀な息子達に思わず微笑む。だが直ぐに、この先うるさくなるだろう男の顔を思い出し憂鬱になるのだった。

◆

同じ王都の豪華な屋敷の一室では、マハルとラハルのおバカ親子が、衝撃を受けた映画を話題に騒がしくしていた。

「父上、あの空を飛ぶ乗り物、我が家にも必要なのでは？」

「ああ、アレは聖域にしかないらしいな。なら国よりも先に我が家が手にすれば、王家を出し抜ける」

都合のいい事を言う親子だが、合同訓練をするくらい関係のあるバーキラ王国やユグル王国にも配備されていないものを、公爵家とはいえ手に入れるなど不可能だ。

それでも二人はランズリット公爵家なら叶うと信じて疑わない。

「しかし父上。あのような乗り物、非常に高価なのではないですか？」

「それはそうだろう。ここ数年で売り出した新しい馬車でさえ、下位の貴族では買えぬくらいには高価だからな」

タクミが開発したサスペンションを装備した馬車は、パペック商会から大々的に売り出され、今やバーキラ王国だけにとどまらず流行している。

その馬車でさえ貧乏な貴族では購入するのは難しい。

「そんなもの、献上させればいいではないか」

「おお、そうでしたな」

「ああ、ランズリット公爵家に献上できるのだ。名誉な事だと地面に頭を擦りつけるくらいしてもらわねばな」

驚く事に、マハルもラハルも本気で献上してもらえると思っている。子供でも考えなくても分かる事だが、そんな事はありえない。

ガルーダを配備しようとすれば、適正価格だと国家予算を全て突っ込むくらいでないと無理だ。

それをタダで手に入れようなど、ロボスが聞けば、これ以上トラブルを起こす前に本気で暗殺しようか悩む事だろう。

そんな事はいざ知らず、能天気な親子は暴走気味だ。

「それより父上、奴の娘達をどう思いますか?」

「クフッ、ラハルも目のつけどころがいいのう。流石に儂の息子という事か」

ガルーダやサンダーボルトの話がいち段落すると、次にラハルが振った話題は、エトワールや春香、フローラの事だった。親子揃ってロリコンだったようだ。

「では、父上も」

「ああ、人族の娘は勿論、エルフとケモノ混じりの二人も十分愛らしい。アレは、ランズリット公爵家にこそ相応しい」

「おお！　父上もそうでしたか。では、空飛ぶ乗り物と一緒に、寄こすよう言いつけますか」

「ああ、それで問題ない」

マハルは人族以外を亜人と蔑む、バーキラ王国では少数派に属する貴族だが、そんなマハルでもエトワールやフローラは許容範囲らしい。

そのタクミの娘達を、当たり前のように手にする事が出来ると考える。

マハルとラハルの親子が、ランズリット公爵家やどの貴族派の者も聖域とはパイプがないと気が付くまで、もう少し時間がかかるようだ。

◆

バーキラ王国の王都バキラトスの豪華な宿泊施設の一室で、人族に擬装したエルフ、ホーディアが映画の余韻に浸っていた。

「クフッフッフッ、あの大画面で天使の笑顔が見られるとは、得難いひと時であったな」

「誠に……」

ホーディアも一応伯爵家の当主だった男。

私兵や裏組織の手下がいたのだから、聖域の軍事面に興味を持ってもよさそうなのだが、ホーディアがその辺りまで考えられるようになるには、もう少し時間が必要だろう。

ただ、家宰の男はそうはいかない。自分の主人はさんざんタクミ達に敵対するような事をし続けてきたのだ。あの尋常ならざる武力を見て平静ではいられない。

「旦那様、聖域と対立するのは悪手なのでは？」

「うん？　今さら何を言う。そんな事は分かりきっておる。それを何とかするのがホーディア様だろうに」

「そ、そうですな」

「何も武力で対抗する必要などないのだ。儂は溢れる叡智で奴らに勝てばいいのだ」

「ハ、ハハッ、ですな」

自分がタクミ達と知恵比べで勝てると信じているホーディアに、それ以上家宰の男も言えなくなる。

確かに、今となれば伯爵だった頃の力があったとしても、武力で聖域と渡り合えるなどとは思わない。ホーディアが言うように、対抗するなら知略でというのは正しいと思う。

ただ、出来れば真っ当に生きてほしいというのが家宰の男の願いだ。

それがホーディアに届く事はなさそうだった。

「ともかく、今は次の上映のチケットを手に入れる事が重要だ」

「旦那様、かなりの反響のようで、次回以降のチケットも争奪戦になるかと……」

「そんな事は分かっておる。儂の天使が出ているのだからな。だが何としてもチケットを手に入れろ。どんな手段を使ってでもだ」

「は、はい。承知しました」

「しばらく王都に滞在する。その間に、貴族派と縁を繋ぎ、ついでにロマリア王国の反主流派ともコンタクトをとるか」

「……では、そのように」

エトワールが出演する映画の上映が続く限り、王都に滞在するつもりのホーディア。そのついでに、バーキラ王国の貴族派やロマリア王国の反国王派と繋がれる方法を模索するようだ。

パペック商会のように、革新的な商品があるわけではないホーディア達がバキラトスの商圏に食い込むには、うしろ暗い商売をするしかなく、そしてそれはホーディアの得意分野だった。

◆

ランズリットなどの貴族派やホーディアが、気持ちの悪い夢想をしている頃、眉間に皺を寄せて唸っている者達もいた。

「旦那様、各方面から何とか手に入らないかと、問い合わせがひっきりなしでございます」

「無理だと返答してくれ、トーマス」

「中には公爵家からの連絡もありますが？」

「公爵であろうと、王家であろうと、無理なものは無理だ」

王都の店で無理難題を吹っかけられているのは、パペック商会の会頭パペックその人だった。

聖域ともっとも近い商人となると、真っ先に名があがるくらいには、タクミとの関係は知られている。当然、今回の映画上映にもパペックは招待されていたので、その映画の内容を見たパペックは、ある程度こうなるだろうと予想はしていた。

「そもそも王家ですら、購入できたのは陸戦艇サラマンダーのみなのだ」

「あれは悪路でも走りますが、一応道が必要です。ですが空飛ぶ乗り物は戦争の形を根本から変えてしまいますから」

「ああ、だからタクミ様は、アレらを決して外には出さない。何処かの国へ戦争の道具となるものを与えるなどありえない」

パペックは、タクミが武力に繋がるようなものを極力外に出さないようにしている事を知っている。ポーション類に関しても、初級のポーションは制限していないが、数を保有する事で軍事行動に直結しそうな、効き目の高いポーションは基本的に売っていない。

その素材の状態でなら売っているので、各国は優秀な薬師や錬金術師を育てているくらいだ。

「グライドバイクですら、販売する台数は制限して誰にでも売ったわけではないというのに、戦争の形を変えうる兵器を、金さえ出せば買えると思う方が多いのが頭痛の種だ」

「そもそも公爵家でも、あのような巨大な空飛ぶ乗り物を買えるのでしょうか？　国の予算でも難しいと思うのですが……」

「まったくだ」

性能を制限したグライドバイクですら、国王用と近衛騎士団用に数台販売しただけで、他には子供用のおもちゃタイプしか売っていない。それでも非常に高価なものだったのだ。

トーマスの言うように、公爵家だとしてもガルーダやサンダーボルトを買うのは無理だった。

「ですが旦那様。この後、王都中の商会から問い合わせが殺到するのでは？」

「はぁ、だろうな。現状、もっとも聖域と、タクミ様と近い商人は私だと自負できる。少しでも可能性があればと無理を言うだろう。店の者達にも警戒させてくれ」

「はい。護衛を増やして対応します」

「頼んだぞ」

番頭が危惧したように、王都中の商会がパペック商会へと問い合わせてくるだろう。

パペックは、タクミがボルトンに拠点を置くきっかけを作り、その後もソフィアやマリア、レーヴァ達との出会いに関わっている。タクミとしては、恩人の一言では言い表せないくらいに恩を感じている。

その分、無茶振りにも付き合わされているが、それはタクミが自重を忘れてモノ作りに没頭してしまうためでもあり、自業自得の部分は多い。

そんなパペックの立ち位置を知っている人間は多く、パペックが今回の事でトラブルに巻き込まれる可能性もおおいにあると感じ、従業員を含め家族の身を守らねばと考えるのも当然だった。

ただ、パペックが危惧した事は、ロボスやサイモンも推測していたので、実は秘密裏にパペック商会は警護されていた。

巡回の兵士が見回りの回数を増やし、陰からの護衛もつけられ、多くの愚か者を捕縛する事態となった。

18 迷惑対策

聖域の家のリビングに、大人達が集まっている。今日は今後の対策を話し合うんだ。

バーキラ王国の王都バキラトスでの映画上映は、僕の予想の斜め上のところで反響を呼んだ。

「しばらく王都の店は閉めた方がいいかも」

「パペックさんのところも大変みたいだね」

アカネの言葉に、僕は頷いて言った。

当然、映画自体への興味や関心が高くなるのは予想していた。それに付随して、出演しているエトワール、春香、フローラへの反応も、過剰だとは思うけれど、まだ予想の範囲内だ。

バーキラ王国の富裕層に、あんなにロリコンがいるなんて受け入れ難いけどね。

ただ、問題はもっと物騒なものだった。

「まさかガルーダやサンダーボルトを欲しがるなんてね」

「それでパペックさんや、うちの王都の店に押しかけてくるなんて」

「だよね。戦闘機や輸送機を個人が売ってくれって言ってるんだからね」

そう。あの聖域を紹介する映画の中で、聖域騎士団の訓練風景がよほど衝撃だったみたいだ。

だけどこの世界の戦争の常識を覆す兵器を、誰彼なしに売れるわけがない。陸戦艇のサラマンダー以外は、何処にも出していないんだから。

「サイモン様が謝ってたよ。サイモン様が悪いわけじゃないのにね」

「確か貴族派のトップだったっけ」

「ええ。ちょうど、私が服飾の新しいデザインの打ち合わせでいたんだけど、ガルーダを献上しろって王都の店に下っ端の使者が来たわ。勿論、追い返したけどね。ランズリット公爵って言ってたわね」

「献上って……」

「呆れるでしょう」

ロボス王や宰相のサイモン様が、僕らに謝るっていうおかしな事になっている。そもそもバーキラ王国やユグル王国、ロマリア王国の三ケ国の何処にも売っていないモノを、いち貴族が買えると思ったのだろうか？

いや、使者は献上しろって言ってきたんだよな。しかも、その使者が下っ端なのが、僕達をどう思っているのかがよく分かる。

「そういえば、パペックさんからも話が来てたわよ。聖域と繋がりが強いパペック商会に、あちこちから、どうにかならないか問い合わせが殺到しているらしいの」

「うわぁ、凄く迷惑かけてるね」

「本当よ。私の映画事業で、パペックさんに迷惑かけるなんて、想定外もいいところよ」

パペック商会から、僕が造ったグライドバイクなんかも販売しているから、どうにかなると思ったのかな。そんな事ありえないんだけど。

「でも、そうなるとパペック商会の護りを考えた方がいいかもね」

「サイモン様の方でも、うちの店とパペック商会、その家族や関係者に護衛をつけたらしいわ。兵士の巡回も増やすって言ってた」

「ああ、僕達の商会もあわせて考えた方がいいね」

王都の店の従業員は、聖域から転移ゲートで通っている人と、王都で募集して雇っている人がいる。サイモン様は兵士の巡回を強化してくれるみたいだけど、僕達も何か考えた方がいいな。

「従業員に結界の魔導具を支給しようか？」

「いいわね。結界の付与なら私にも出来るし、タクミはそこそこの素材で、常に身につけられるアクセサリーをお願い」

「分かった。ミスリルならストックもあるし、錆びないからいいかな」

「ええ。ただ、一目で高価だと分かるのはダメよ。ミスリルなんて一般的には凄く貴重なんだから」

「そうだったね。分かったよ」

危険に陥った時に護ってくれる結界が付与されたアクセサリーを支給すれば、巡回の兵士が駆けつけるまでの時間稼ぎにはなるだろう。

アカネが言う。

「それってパペックさんのところにもあげたらいいんじゃない？」

「そうだね。タダでってなるとパペックさんは遠慮するかもだけど、従業員やその家族の安全を考えればって言えばもらってくれるかな」

そもそもガルーダやサンダーボルトを手に入れるために、パペックさんにコンタクトを取るのは間違っているんだけど、相手はそんな事考えてくれないからね。

主に僕とアカネで話し合っていたが、そこでソフィアが口を開く。

「門番というわけではありませんが、門の脇にゴーレムを置くのはどうでしょうか。あの威圧感は効果的だと思うのですが」

「そうです。ボルトンのお屋敷にもゴーレムを警護に配備していますけど、効果はあると思いますよ」

ソフィアの提案にマリアも賛成する。

「ゴーレムか……」

確かにボルトンの家のゴーレムは、役に立ってくれている。そもそも威圧感たっぷりのアイアンゴーレムが警備している家に、侵入したい賊は少ないだろうしね。

そしてゴーレムというワードが出ると、黙っていられない人がいる。

「ゴーレムが必要という事は、レーヴァの出番でありますな」

「レーヴァ、張り切ってるね」

そう。僕と同じくらいモノ作りが好きなレーヴァだ。

「勿論であります。単純な戦闘動作ではなく、捕縛技術を突き詰めたゴーレムを開発したいであります！」

「それ、面白そうだな。王都って事もあるし、派手な戦闘が出来ない条件下で、素早く多数の賊を捕縛する技術に特化したゴーレムか。いいね」

「そうであります！」

「分かった、分かった。でも、タクミはアクセサリーを先に仕上げておいてね。その後ならどんなにゴーレムを捏ねくり回してもいいから」

「捏ねくり回すって……」

アカネの言い方はどうかと思うけど、そう間違っていないので仕方ない。僕もレーヴァも、工房にこもると時間を忘れるからね。


僕とレーヴァは、数種類のアクセサリーをシンプルなデザインで多めに作る。素材はミスリル合金だけど、そうとは直ぐに分からないよう気を付けた。

アカネが言っていた通り、アクセサリーを着けている事で、逆に狙われると本末転倒だしな。

「で、ゴーレムだけど、大きくても二メートルくらいかな」

「そうでありますな。大きすぎる金属ゴーレムは、王都の住民の皆さんが怖がるかもであります」

「そうなると人型から逸脱するのはまずいよね」

「腕の数が増えるくらいは大丈夫だと思うでありますよ。流石に下半身が蠍とかのゴーレムは、レーヴァもダメだと思うであります」

レーヴァとおおまかなゴーレムの仕様について話し合う。共通の認識として、今回は常識的な人型でいこうという事になった。

「補助腕くらいならまだいいけど、今回はゴーレムの制御が何処まで可能かがテーマだから」

「捕縛術となると、細かな制御が必要そうでありますな」

「うん。パワーありきの動きじゃ人死にが出そうだしね」

勿論、威圧するために棒くらいは持たせて立たせるけれど、捕縛術となると少し工夫が必要だ。

「いつものとは違って、魔物素材を多めに使うって手もあるね」

「それはありであります。皮や骨、腱を使えば、今までとは違った動きのゴーレムになるかもであります」

「ありだね。レアな金属と違って、魔物素材なら何を使っているかなんて分からないだろうしね」

「それに金属部分も、塗装してしまえばＯＫであります」

「塗装か。うん、それでいこう」

レーヴァと相談して、ゴーレムの素材には魔物素材を多めに使う事を決めた。パッと見は騎士鎧風にするけれど、その金属部分も塗装する事で、何の素材かをごまかす方向で作る。

僕達は、オケアノスから始まりウラノスやガルーダなどの乗り物の表面に普通に塗装を施しているので忘れがちだけど、この世界には金属を塗装する塗料は珍しい。

「じゃあ、試作してみるか」

「了解であります」

もうゴーレムは、色んな種類を何度も造っているので、オーソドックスな人型であれば、そんなに迷う事もない。

でも、今回のは構造的にゴーレムというよりはオートマタに近いので、最初の一体は試行錯誤する。

「竜種の骨を錬成して骨格に成形するか」

「骨をミスリル合金でメッキすれば、骨格の強化になるであります」

「いいね。狼系の魔物の腱を繊維状に錬成してから編み込めば、筋肉のように動かせるかな」

「外皮にオーガ種の皮を使えば、もっと人形ぽくなるであります」

「いいね。この際、その線でいこう」

ゴーレムとオートマタは、制御するゴーレム核に書き込む術式もほぼ同じなので、その辺は問題ない。

今までオートマタを造らなかったのは、その構造が複雑で、メンテナンスが必要になった時に僕かレーヴァがいないと困るからってだけだ。

それにこれまでのゴーレムは、タフな環境でも自動修復だけで長く使えるものというコンセプトで造ってきた。

今回必要なのは、僕達の商会の店とパペックさんの店に二体ずつ、合わせても四体なので、少々構造が複雑になっても、細かな動きが可能なものにしたかった。

「竜素材だと魔力の通りがいいね」

「狼の魔物もオーガも上位種だからか、魔力の馴染みが抜群であります」

「しかも骨格はミスリル合金でコーティングしてあるしね」

魔力の馴染みが良いというのは、ゴーレムを動かす上で重要だったりする。動くための魔力の消費が少なくて済む。燃費が良いんだ。

勿論、僕の造る他のゴーレムがそうであるように、制御用のゴーレム核とは別に、魔力タンク用に魔晶石を搭載し、さらに周辺の大気から魔力の補充が出来るようにする。そのため、門番程度なら人為的な魔力の補充なしで動き続けてくれるだろう。

ゴーレムの体を造り上げ、一見フルプレートの金属鎧を着せ、ゴーレム核に術式を書き込み起動させる。

「うん。なかなか良い感じじゃないかな」

「少し離れるとゴーレムとは気付かない人もいるかもであります」

「王都の店の前に立たせるんだから、そのくらいがちょうどいいかもよ」

「で、ありますな」

その後、早速ゴーレムの動きを確認する。

質のいいゴーレム核を使っているので、ある程度動きが洗練されていくのだけど、それを抜いても滑らかな動きで、力任せな感じはしない。

レーヴァも新しいゴーレムの動きを絶賛する。

「動きの速さや巧みさは凄いでありますよ！」

「うん。相手がバラックさん辺りなら難しいけど、高位の冒険者でも相手に出来そうだね」

「元Sランクのギルマスを引き合いに出すのはダメであります」

「まあ、そうなんだけど」

バラックさんは、ボルトンの冒険者ギルドのマスターで、元Sランクの冒険者。僕の体術の師匠でもある。だから、このゴーレムが通用しない事くらいは分かってしまう。

「とはいえ、二体でかかれば、それなりに善戦しそうなんだよね」

「でありますな。武器次第では、ワンチャンありそうであります」

「いや、流石にそれはないかな。四体くらいでかかれば何とかなりそうだけどね」

二体でバラックさんレベルをそれなりの時間相手取る事が可能で、四体いれば負ける事はなさそうだ。相当実力のある賊が襲ってきても余裕を持って撃退出来るだろう。

そもそもバラックさんと一対一で戦ったとしても、ゴーレムの頑丈さと修復機能で破壊は難しいので、ゴーレムの魔力切れを待つしかなく、相当な長期戦になる。

そう考えると、二体なら先にバラックさんのスタミナが尽きるかな。

新型のゴーレムの性能は申し分なかったので、残りの三体をサクッと錬成し、二体ずつの連携動作を書き込み、王都の僕達の店とパペック商会の王都支店に配備した。勿論、アクセサリー型の魔導具を渡すのも忘れない。

パペックさんからはたいそう喜ばれ、言い値で支払うと言われるも、アクセサリー型の魔導具はともかく、ゴーレムは値段をつけるとなると多分おそろしい金額になる。

流石にそれをパペックさんに請求する気にはなれなかったので、アクセサリー型の魔導具は素材の値段を、ゴーレムはレンタル扱いとして、一定額を支払ってもらう事で落ち着いた。

値段は、そこそこ戦える冒険者二人を雇う金額を元に、パペックさんに決めてもらった。

結果、僕達の店とパペック商会に配備したゴーレムは、想像以上の賊を捕縛する事になるのだけど、バーキラ王国の王都にしては治安が悪すぎると思う。

しかも、公には出来ないが、その大半が貴族絡みだから始末におえない。

結局、サイモン様が忙しくなって申し訳なかったものの、仕方ないよね。

19　女神様からの依頼

王都バキラトスでの映画上映に伴う色んな厄介事。その影響を受けるであろう王都にある僕達の店と、パペック商会の王都支店。

アクセサリー型の魔導具と護衛用のゴーレムを造り、それらの一応の対処を終えた僕に、やっとのんびりとした時間が戻ってきた。

産まれたばかりの子供達の世話を手伝ったり、エトワール達と遊んだり、訓練をしたり、パペックさんに卸すポーションや魔導具を作ったりと、充実した日々を過ごしていた。

ウェッジフォートには、まだ例の変態ブタエルフ——ホーディアが潜伏していたんだけど、どうやら今は王都に滞在しているみたい。まあ現状は放置かな。わざわざ王都の騎士団や兵士を動かして、街の隅々(すみずみ)まで一斉に捜査するなんて現実的じゃない。バキラトスは大都市だからね。

旧シドニア神皇国の復興もゆっくりとだけど、着実に前へと進んでいる。

トリアリア王国が、サマンドール王国や神光教と組んで、未開地南西端の開発にかかりっきりなのも、旧シドニアの復興が進んでいる理由の一つだろう。そもそも人が減りすぎたあの国を、同盟三ヶ国が援助したとしても、完全に元に戻るまでには時間がかかる。

驚く事に旧シドニアでは、あんな目にあっていながら、少数だけどいまだに神光教を信仰する人がいるんだよな。

信仰は自由だと思うけれど、神様との距離が近いこの世界で、存在しない神を信仰する人達を見ると、少し切なくなる。

精霊やノルン様の加護が身近な僕だけに、その思いは強い。

で、そんな人達はどうしているのかというと、トリアリア王国かサマンドール王国へと移住を始めているんだ。外から人族以外の種族の人達が、多く移住してきたのも、旧シドニア人が移住を希望する原因だろうね。神光教は人族至上主義だから。それに加えて、トリアリア王国でも未開地開発のために人手はいくらでも欲しい。

まあ、それでもおおむね上手くいっていると言えるかな。

そんなわけで、僕は珍しく聖域でゆっくりと過ごしていたんだけど……

ある日、シルフが目の前に突然現れた。突然現れるのはいつもの事だけど、今日のシルフは慌てていて、いつもの彼女とは違った。

「タクミ！　直ぐに海岸に来て！　場所は、水精(すいせい)騎士団の詰め所！」

「わ、分かった！」

珍しいシルフの様子に、僕は理由も聞かず了解する。

シルフが姿を消し、あとを追うように僕も指示された場所へと転移する。

「回復魔法急いで！」

「フルーナ！　これで全員よ！」

「一ヶ所に集めて！」

転移先で見た光景は、粗末な木造の船から、ボロボロの布を纏った多くの人達が、運び出される様子だった。

一瞬、呆然としてしまったが、慌てて指示を出す。

「フルーナ！　回復魔法をかける！　全員を集めて！」

「タクミ様！」

見るからに手遅れの人もいる。それでも思考する前に、僕は行動に移す。

「ピュリフィケーション！　エリアハイヒール！　エリアキュア！」

浄化の魔法で汚れを落とし、雑菌やウイルスを除去する。続けてハイヒールで回復させ、念のため毒や状態異常も解除する。

結果的に助けられたのは約半数ほど。僕が駆けつけた時点で手遅れの人達も多かった。

「フルーナ、これは？」

「ウィンディーネ様から、人の子達が船で漂流していると教えていただきまして、水精騎士団を出陣させ、ここまで引っ張ってきたんです」

「船の大きさから考えられないくらい、ギュウギュウに詰め込まれてたみたいだね」

僕は日本にいた頃にニュースで見た、粗末な船に乗り、命懸けで国から逃げ出した人達を思い出した。

「シルフ、ウィンディーネ、説明してくれるんだろう？」

僕が何もない空間にそう問いかけると、そこにシルフとウィンディーネが現れた。

「タクミ。この件は、ノルン様から説明があるの。だからあとで教会に寄ってちょうだい」

「私達が話すよりもノルン様から聞いた方が良い」

「……ノルン様から説明か。分かった」

もう厄介事決定だけど、ノルン様の使徒である僕に、教会に行かないなんて選択肢はない。

でも、その前に。

「亡くなった人を埋葬（まいそう）してあげようか」

「はい」

何とか助かった人達を聖域の病院へ運ぶようお願いし、僕は亡くなった人達を一人一人綺麗な布で包む。

聖域の墓地へ向かい埋葬するのだが、一旦霊安室のような建物に安置する。このままじゃ無縁仏としてひとまとめの埋葬になってしまうから。

生き残った人達の意識が戻り、亡くなった人達の名前が分かれば、ちゃんと一人一人のお墓を作ってあげられる。

その場をフルーナに任せ、教会へ向かった。


聖域の創世教の教会は、今や総本山扱いとなり、大陸中から信者や神官が巡礼に来る。

信者全てが聖域の結界を抜けられるわけではないが、流石に神官は今のところ全員が通れているみたいだ。

これも創世教が真摯にノルン様に祈りを捧げ、さらに万民の救済を願っているからなんだろうな。

神光教とは大違いだ。

教会の中に入り、ノルン様の像の前に行くと祈りを捧げる。

次の瞬間、時間が停止したように周囲の人達の動きが止まっているのに気付く。

そして像が光ってノルン様が降臨される。

「ノルン様……」

「タクミ君、久しぶりね」
「はい。お久しぶりです」
「お話ししていたい気持ちは山々なんだけど、時間もあまりないから用件を話すわね」
ノルン様とこうして話すのも長い時間は無理らしく、たとえ聖域とはいえ例外ではない。だから
とにかくノルン様からの説明を聞く事にした。
ノルン様の話はこうだ。
ウラノスを造って、大陸や島がないか探した時には見つけられなかったけれど、この大陸から南
西方向に、大きめの島があるらしい。
大きさとしては、聖域とほぼ同じくらいらしいので、かなり大きな島だ。
大昔、ユグル王国以外は、まだ小国が群雄割拠（ぐんゆうかっきょ）していたらしく、その頃に新天地を求めて大陸か
ら移った人達の子孫が暮らしているのだとか。
「えっと、その島で何かあって、逃げてきたんです？　魔物の氾濫？　それとも戦争ですか？」
「う～ん。魔物はいるけど直接は関係ないわね。大きな島でも国がいくつもあるわけじゃないから
戦争も違う。一部の人間による支配と公害が原因で、弱者が生きていけないのよ。このまま放置す
ると、人が住めない島になってしまうわ」
「公害って……」

詳しく話を聞くと、どうやら二十年前くらいに鉱脈が見つかり、その採掘により富める者と貧しき者の貧富の格差が激しくなったらしい。

公害ってワード、この世界に来て初めて聞いたな。でも鉱脈と聞いて一つ思い浮かぶものがあった。

「もしかして……鉱毒だったりします？」

「そうなのよ。流石にタクミ君は知ってるみたいね」

「いや、この世界の鉱山では、魔法で浄化しているんじゃないんですか？」

「そもそも光魔法に適性がある子は少ない上に、適性があっても気付いていない子もいるのよ。島自体が豊かで大陸よりも発展していれば、違ったんでしょうけどね」

「ああ……」

この世界の鉱山では、採掘による鉱毒汚染は、光属性魔法の浄化魔法で解決している。

ノルン様が言うには、その島では金属を魔物素材で代替えしていたせいで、金属を使用し始めたのは最近で、鉱毒に対する知識もなかったらしい。

かろうじて鍛冶に関する書物は残されていて、金属製の道具や武器を作るようになったが、浄化魔法での公害対策までは伝わっていなかったみたいだね。

浄化魔法万能だよな。僕もドガンボさんに聞いた時、感心したもの。

「鉱毒だけなら、鉱脈の付近だけの汚染だったんだけど、その鉱毒に汚染された水源や、毒を好む虫系の魔物が人間の生活圏にまで毒を広げたようなの」

「うわぁ」

島は漁業と農業で成り立っているが、その農地の土が汚染され、一気に食糧難になったそうだ。

当然、支配する側、搾取（さくしゅ）する側が優先的に食糧を得る。弱者は、決死の覚悟で海へと逃げるしかなかったらしい。

「奇跡的にも、創世教の教えが伝わってるのよね～」

「……何とかしろって事ですね」

「悪いわね。子供も産まれたばかりなのに」

ノルン様が、自分を信仰する民だから救ってあげたいなぁ……って目で僕を見る。

ただ、今回のケースは僕としても難しい。

「でも、支配者側をどうこうしろってわけじゃないですよね」

「勿論、タクミ君にそこまで我儘は言わないわ。島の土と水の浄化と、ちょっとしたお手伝いかな。搾取するだけの支配者はいらないでしょう？」

「はぁ。難しい事を……」

「あっ、もう時間だわ。じゃあねぇ～！」

重い話をしてきた割に、軽い感じでノルン様は去っていった。

どうしようか。とにかく、ソフィア達に相談だな。

20 使徒なら当たり前らしい

聖域の海岸近くに流れ着き、水精騎士団が引きあげた船から救出した人達。

残念ながら、半数が既に手遅れだった。

その後、回復した人に確認しながら、一人一人埋葬し、どうしても誰か分からない人は、申し訳ないが無縁仏として埋めた。

ノルン様からおおまかな事情を聞いた僕は、まず妻であるソフィア達に相談した。

「創世の女神ノルン様からの神託ですから、使徒であるタクミ様が応えるのは当然ですね」

「えっ⁉」

「そうですね。タクミ様は、女神様の使徒ですから。女神様には、結婚式でも祝福していただきましたしね」

「ええっ⁉」

ソフィアもマリアまでも、使徒ならノルン様の望むよう動くのが当然だと言う。

「タクミってさ、ノルン様に助けてもらわなかったら、今の命はなかったんでしょう？　まあ、その原因となった禁術を行ったシドニア神皇国はもうないけど、助けられたのには違いないんだから。ノルン様のためなら馬車馬のように働きなさい」

「いや、アカネ。馬車馬のようにって……」

確かに、勇者召喚に巻き込まれて、そのまま死ぬどころか、世界の狭間を永遠に彷徨うかもしれなかった。その命を救ってくれたのはノルン様だ。

この体を与えてくださり、有用なスキルを授かり、さらに加護までいただいて転生させてくれた事には感謝しかない。

そう考えると、下界に迂闊に干渉できないノルン様の代わりに、僕が働くのは当然なのか？

納得したような……でも何か引っかかる。それは多分、この世界に降り立ってから客観的に見て、かなり波瀾万丈の生活を送っていると自覚しているからだろう。

「でも、シドニア神皇国に始まって、トリアリア王国との戦争や裏組織との対立。他にもユグル王国の揉め事にも首を挟んだよね。トドメは、旧シドニアからの黒い魔物の氾濫。僕って、もの凄く働いていると思うよ」

うん。自分で言っていて普通じゃない。細かなものを除いてこれだもの。

「でもタクミが錬金術師や鍛冶師、魔法の才能をいただいて、夢中になってものを作れるのは、誰のお陰？」

「……ノルン様だね」

アカネに言われなくても分かっている。錬金術師の才能だけじゃなく、魔法に関しても全ての属性に適性があるのは、ノルン様の使徒だからと言える。

それに、鍛冶や木工などもスキルが取得しやすかったり、上達しやすかったりする……これらがノルン様のお陰なのは間違いない。

だって僕は、日本でサラリーマンをしていた時は、ごく普通の平凡な一般ピープルだったから。

多少、手先が器用だった程度だ。そう考えると、趣味のもの作りに打ち込めるのもノルン様のお陰か。

「はぁ、じゃあ、あの人達の処遇から決めようか」

「そうですね。今はシルフ様やウィンディーネ様の計らいで、聖域に受け入れられた状態ですが、今後もと考えると……」

「そうね。結界から弾かれる人も出てくるかもね」

そう。急遽助けたあの人達だけど、現状は緊急時という事で、聖域の結界をシルフ達が通しただけだ。本人達も、今はやっと生きている状態だから問題ないが、回復すれば聖域に相応しくない行動をする人もいるかもしれない。

難民の処遇は一旦置いておき、目的地の場所の特定や、どう対処するべきかを話し合う。

「シルフ、場所はこの辺？」

「もうちょっと下、そう。そこかな」

「ああ、その辺は調べてないかも。天空島を見つけた後は、そっちに集中してたしなぁ」

地図を広げシルフに島の場所を確認すると、僕達がウラノスで飛び回って調べた範囲外だった。

「結構大きな島ね」

「でも、人が住んでいるのは、海側の狭い範囲なのよね」

アカネが言うと、地図に島の位置と大きさを描き込んでいたシルフが教えてくれた。

ウラノスで飛び回っていた時に、もう少し粘（ねば）れば発見できたかもしれないな。

「それで、現状の問題点なんだけど、人間同士の搾取や略奪（りゃくだつ）は置いておいて、まずは鉱毒による土の汚染かな？」

僕がシルフやウィンディーネに問いかけると、その場にノームが姿を現した。

「単純な鉱毒とは違うようじゃな。毒を喰う虫系の魔物が排出する別の毒で、島の広範囲が汚染されておるようじゃ。食物不足もそのせいじゃな」

「それに加えて、地下の水脈が汚染されているの。一応、島の範囲から外に汚染が広がらないようにしたわ」

ノームに続いて、シルフが言った。

ノームによれば、もともと毒を食べる虫系の魔物はいたらしい。

鉱脈を採掘はしても光魔法で浄化するという知識がなかったせいで、そういった魔物の餌となる毒が増え、大繁殖しているそうだ。

それを聞いたソフィアが嫌な顔をしている。僕もあんまりだし、女の人は特に虫系は嫌いだからね。あ、カエデは別だよ。進化する前から可愛かったからね。

まずは、僕に何が出来るかだな。

「今ある鉱毒の浄化は問題ないか。根本的な解決にはならないけどね」

「ええ。汚染された土地は浄化魔法で、汚染された人はキュアね」

「そうなるね」

アカネが言うように土地は浄化魔法、人には解毒魔法で大丈夫だろう。多分、浄化魔法でもイメージ次第で解毒可能だと思うけど、病気や毒にはキュアの方が向いている。

僕達の中で光魔法が得意なのは、僕を除くとアカネだから、今回も彼女は参加予定だ。

「因みに、水脈の浄化はお願いしたいから、そのつもりでね」

ウィンディーネから、地下の水脈も浄化してほしいとリクエストがあった。

「まあ、自然には綺麗にならないよね。で、どのくらいの深さなの？」

「う～ん。確か地下二百メートルくらいだったかな」

「えっ⁉　流石にその深さは浄化魔法が届かないよ」

僕は思わず声を上げてしまう。特に地面の下には魔法が届きにくいんだ。

聖域結界（サンクチュアリイフィールド）なら広範囲の浄化が可能だけど、その効果範囲は地下にはそれほど及ばない。例えば、これが水中でも二百メートルは届かない。

「地下水脈の浄化方法は考えないといけないけど、まずは住民の救済だな」

「ノルン様を熱心に信仰しているみたいだしね」

僕がまとめると、アカネが言った。

危険な船で文字通り命懸けで脱出してきた事を考えても、そんなにのんびりはしていられない。

ただ聞くところによると、旧シドニアの難民達とは違い、支配者階級の人間がいるらしい。となると一気にややこしくなる。

「食べる物がないのに、それを奪（うば）う奴らがいるって話だけど、どうしたものか……」

「もう、島を制圧するしかないんじゃない？」

「そうですね。それが面倒もないと思います」

アカネとソフィアが島を軍事的に制圧してしまえと言ってきた。

アカネはともかく、ソフィアは元軍人だから、こういった事への対処も力でもって収める方法を取りがちだ。

「まずは、困窮(こんきゅう)している島民の救済だよ。どうやらノルン様への祈りが届いているらしい。遥か昔からノルン様への信仰は、歪(ゆが)む事も途絶える事もなかったみたいだからね」

「でもタクミ、食糧を配るのは簡単だけど、絶対支配者達が奪いに来るわよ。そうなると配って終わりには出来ないわ」

「……そうなんだよな」

悲しいかな、ここ最近の過酷な環境と支配者階級による過剰な食糧の搾取で、多くの住民が亡くなっているそうだ。

そのため、そこそこ大きな島なのに人口は多くない。だから食糧を支援するのは難しくない。

「ねぇ。もう、まずは行っちゃいましょうよ。住民を助けている時に、ちょっかいをかけてくるなら懲(こ)らしめてやればいいのよ」

「それしかないか。とにかく、時間がないもんね」

アカネのとりあえず動こうという方針に、僕も賛成するしかなかった。

命懸けでボロ船で逃げてきた人達を見れば、一分一秒も惜しい。

21 大がかりになりました

聖域の滑走路で、聖域騎士団のメンバーが駆け回っている。

そう。何故か話はどんどん大きくなり、結局聖域騎士団が出動する事になってしまった。

騎士団長のガラハットさん曰く――

「創世の女神であるノルン様からの御神託ですぞ。ノルン様の眷族である大精霊様方がおられ、その恩恵を受けている聖域の住民である我らが動かずしてどうするというのか」

だ、そうだ。

基本、聖域の住民は百パーセント、ノルン様の信者だ。聖域にある教会は、創世教のものだけだし、僕の結婚式に降臨された事も知られている。

まあ、聖域に神光教の教会がないのは当たり前だ。ここの人間は全員、神光教が信仰するアナトが既に存在しない事、そもそも神ですらなかった事を知っているからね。

今回、聖域騎士団の火精(かせい)、水精、風精(ふうせい)、土精の四つの騎士団の中から選抜した少数精鋭を派遣する。

少数とはいえまったく問題ない。何故なら、現地には国というほどのものはなく、軍隊と呼べるほどの戦力もない。

強力な魔物が棲息していなかった故に、兵士のレベルも低く、金属製の武器を持ち始めたのも最近なのでその質も低い。なんなら魔物素材から作られた武器の方がマシなくらいらしい。

この辺りの情報は、シルフ経由で入手してあるから間違いない。

火精騎士団と風精騎士団は、住民の救済と魔物の駆除、それに搾取者対策。場合によっては、制圧する事もあるだろう。

土精騎士団はドワーフ族が主体なので、現地で駐屯地の設営。

人魚族で構成される水精騎士団は、この際島の周囲の調査をしてもらう。

「保存食と小麦の積み込みを急げ！」

「「はっ！」」

ガラハットさん達も張り切っている。

いくつになっても男の子なのか、まったく新しい未知の島と聞くと、わくわくが抑えきれないみたいだ。

今回、保存のきく食糧を大量に持っていく。

シルフが言うには、人口がもともと多くないところで、二十年ほど前から徐々に減少し始め、毒の汚染が水や土に至るとそれは加速した。

そのせいで、必要な食糧は何とか集められたけど、良かったとは言えないね。

因みに、食糧はほぼバーキラ王国やユグル王国から購入したものだ。何故なら、一度聖域産の作物を食べてしまうと、他所の作物では満足できなくなる可能性があるからだ。

聖域産の作物も輸出しているけれど、質の高さから高級品として売っているからね。

あと肉に関しては、聖域騎士団が魔大陸での訓練で入手したものが、騎士団保有のマジックバッグに山ほど入っている。干し肉などに加工しているが、狩るペースが早くて消費が追いつかない。

この魔物肉も、魔大陸産の高位の魔物なので、貴族や豪商がこぞって欲しがるものなんだ。まあ、売っているのは一部だけどね。

そこにアカネとルルちゃんが近づいてきた。

「タクミ、私達はウラノスよね」

「ああ、ガルーダとサンダーボルトより先行して飛ぶつもりだよ」

「じゃあ先に乗り込んでるわね」

「了解」

今回、聖域騎士団の選抜メンバーで出撃するが、アカネだけは光属性魔法使いとして参加してもらう必要があった。そうなると従者のルルちゃんはセットだからね。

ソフィア、マリア、マーニに、フルーナとベールクトは、子供が小さいので遠出はまだ無理だ。レーヴァも今回は、現地の素材的に興味がないみたいで、聖域に残ってポーションを作ったり、新しいコンセプトでゴーレムを研究したりするらしい。

ガラハットさんが指示する大きな声が響く。

「ポーション類のマジックバッグも多めにな！」

「携帯型の浄化の魔導具、積み込みチェックしました！」

「数は大丈夫か？」

「出撃する騎士団員分用意しました！」

「うむ。出撃まで一時間じゃ！　漏れがないようになっ！」

僕やアカネの光属性魔法があるとはいえ、ポーション類があると、聖域騎士団が使う以外にも緊急時、現地の人を助けるのにも役立つ。僕とアカネが常にその場にいるか分からないからね。

あと下水道を浄化する浄化の魔導具は設置型だが、聖域騎士団は様々な場所へ出撃する事を考え、少し前に携帯型の浄化の魔導具を開発していた。

これは邪精霊の御子バールによる黒い魔物の氾濫が終息した後、旧シドニア神皇国の土地に染みついた強い怨嗟が発端だ。

その怨嗟――根深い呪いは、土地を少しずつ蝕み、農作物の生育に影響があった。そこで解決方法が神託により授けられ、ノルン様の女神像を僕が造る事になり、その後は土地も正常に戻りつつある。

しばらくの間、場所によっては瘴気が滲み出てくる事もあるので、その度に光属性魔法の使い手が浄化をして回るのは大変だという事になり、携帯型の浄化の魔導具を作ったんだ。

一回の使用での効果範囲はそれほど広くないものの、それなりに純度の高い魔晶石を使っているので、二日くらいは余裕で使用できるし、魔力の補充も聖域騎士団なら負担に感じないだろう。

旧シドニアの時みたいに、一度浄化した土地にまた浄化が必要になるなんて事はないだろうと思っていたけど、今回みたいな広範囲の浄化が必要な場合は役に立つ。

聖域騎士団の出撃準備が整うと、僕もウラノスに乗り込み、騎士団を先導するように飛び立つ。

その後に、二機のサンダーボルトと一機のガルーダが続き、編隊飛行で海へと針路をとる。

さあて、面倒なのはゴメンだけど、きっと面倒な事になるんだろうな。

22　清貧の島

そこはタクミ達が暮らす聖域から南西に進んだ場所にある島。昔々、群雄割拠だった大陸から逃れた人達が幸運にもたどり着き、定住した島。

島の中央部には高い山が聳え、その周りに深い森や湿原、草原がある。

島にたどり着いた人々は、海での漁を中心に、沿岸部から少し内陸に入った地での畑作を始めた。

創世の女神ノルンを信仰する宗教関係者もそれなりにいたので、何もない島にも教会が建てられる。

島中の比較的居住が容易な場所に集落が広がり、人口も増えてくると貧富の差が出始め、大陸から逃げ出した頃の事を覚えている者もいなくなると、小さな島の中で勢力争いが始まる。

そこはもう規模は違えど、群雄割拠し戦乱の続いていた大陸と同じ。

宗教関係者は、真摯に女神ノルンの教えを説くが、争いは長く続いた。

ここで宗教関係者の腐敗が少なかったのは、島自体が裕福ではなかったからか。

そんな島にも魔物は存在する。ただ、幸運なのか、それほど強い魔物は棲息していなかった。それ故に、集落が全滅するような魔物からの襲撃はなかったし、犠牲を出しながらも討伐できた。

お陰で、時には勢力争いで人口を減らす事がありながらも、細々と長い時間をかけて人口を増やしながら、人々はこの島で生きてきた。

その生活に大きな変化があったのは、鉄の鉱脈が見つかってからになる。

魔物素材という優秀なものがあったため、地球の歴史のように、鉄で生活が大きく変わる事はなかったが、それでも鉄器の存在は大きい。

権力者はこぞって鉄を欲した。そのせいで小競り合いを起こすほどに。

ただ、先ほども言ったように、魔物素材が優秀すぎて、鉄くらいならそれほどのアドバンテージにはならない。むしろ、長く鍛冶師など存在していなかった島では、教会の記録にしか鍛冶の知識がなかったせいで、その差は微々たるものだった。

それでも鉄は様々な生活用品に使われ始める。鉄の鍋釜（なべがま）の便利さを経験すると、元の土器には戻れない。

当然のように、その鉄は権力者が握り、弱者は労働力として使われる。

島という狭い空間で、ギリギリ生きていた人達をさらに鉱床での重労働へとかり立てる。加えて、魔物の毒による汚染。

もともと鉱物の毒や毒草を好んで取り込む習性の魔物だったが、数も少なく棲息範囲も限られていたので、人々の暮らしに影響を及ぼす事はなかった。

しかし無計画な採掘や製錬により、ヒ素や水銀、硫酸（りゅうさん）などが土壌や水を汚染する。それだけでも大問題なのだが、その毒を取り込んだ魔物が大繁殖してしまう。

それが土壌や水の汚染を拡大し、人々の暮らしは徐々に立ち行かなくなっていった。

ここでも土壌や水の汚染で頭を悩ませる男達がいた。

「親父。このままじゃまずいぞ！」

「まずいのは分かっておる。お前も日頃から、次期族長などと周囲に偉ぶっておるのだ。文句を言う暇があるなら、汚染されていない水源を見つけるくらいせんか！」

二人は親子。いくつかの集落を支配する族長という立場を代々継いできた。

この島の東側を支配する部族のトップだが、彼らは鉄の無計画な採掘が、土地や水の汚染を招いたとは考えついていない。

「それと神官どもがうるさいんだ。親父、黙らせてくれよ」

「神官どもには手を出すな！」

「いや、しかしよぉ」

この島に教会を建てて活動する神官には、島が貧しいからなのか、大陸の創世教にも僅かに存在する私腹を肥やすタイプの腐った者はいないと言っていい。

それだけ、この島では助け合わないと生きていけないし、裕福なのは極一部の族長だけという事が神官達の堕落（だらく）を防いだのだろう。

神官達はこの島の人々に尊敬され愛されている。族長一族とはいえ神官を蔑ろにすれば、暴動が起きるであろうと想像できるほどに。

「奴らに手を出せば、暴動が起きても不思議じゃない。ただでさえ、食い物が少ない中、いつもの量を納めろと命令して不満は高まっておるのだ。中にはボロボロの船に乗って逃げ出した者までいる」

「ああ、あいつらか。ちょうど口減らしになってよかったじゃないか」

「バカモン！　人の数が減れば、それだけワシらの実入りも減るのだぞ！」

彼らが支配する東側の集落から、ボロボロの船に乗り、逃げ出した者達が出た。

理由は簡単だ。土壌や水の汚染の影響で、食糧が減っているのに、族長は納めさせる税を変えなかったからだ。当然、民は飢える。

そんなやり方をここ数年続けているのだ。結果として、決死の覚悟で海へと逃げ出す人々が現れたが、民がいつ支配者達へ牙を剥くか分からない。

そうなれば、鎮圧しても人口が減るのは避けられない。今度こそ自分達の実入りが減るのは確実だろう。

「……鉄の武器をもっと作らせろ！　西や南、いや、まず北が動くかもしれん」

「なっ⁉　西や南、北とは不戦の誓いがあるじゃないか！」

「こうなれば、不戦の誓いなど口約束と変わらん。まず北が動くと見た方がいい」

支配地域の広さには差はあるが、武力的には東西南北と分かれた地域に差はない。

ただ、環境は北が一番厳しく、耕作可能な土地も少ない。その分、狩猟に長けた集落が多く、人の数を補っていた。

しかし、土壌や水の汚染による食糧確保が困難なこの状況は、微妙なバランスで均衡を保っていた島に影を落としていた。


島の東西南北の地域に教会はある。決して建物は大きくはなく、豪華な造りでもないが、その建築様式は大陸の創世教の教会に通ずるものがある。

この島の教会で活動する神官達は、真摯に女神ノルンへと祈りを捧げる日々を、何世代にもわたって送ってきた。

そんな教会も土壌や水の汚染とは無縁ではいられなかった。

一人、シスターが祈りを捧げていた背後から年配の司祭が声をかけた。

「どうしました。まだ船を止められなかった事を悔やんでいるのですか？」

「司祭様」

飢えの苦しみと搾取から逃れるために、決死の覚悟で海へと乗り出した民を思い、シスターは心を痛めていた。

この島の常識で考えれば、海へと逃げ出すのは自殺と変わらない。あの者達は、それを選ぶほかなかったと分かってはいるが、やりきれない。

「ノルン様。どうか我らをお導きください」

「ノルン様。どうか苦しむ民をお救いください」

聖職者二人の祈りが届いたのか、本人達は知る由もない。しかし、普通では考えられない早さで避難船が聖域近くまでたどり着いたのには間違いない。

結果、この何もない島にとてつもない変化が訪れる。

23 未知との遭遇

ガルーダやサンダーボルトから先行して島を見つけるべく飛ぶウラノス。

速度はガルーダに合わせているので、それほど速くはないが、この世界では普通ありえないスピードで海上を行く。

やがて島影が見えてきた。シルフやウィンディーネからだいたいの方向を聞いていたので、それほど苦労せず発見出来た。

本当なら、まずウラノスで偵察し、島を見つけてからガルーダやサンダーボルトで出撃したかったのだが、今回はノルン様の雰囲気から、あまり時間の余裕がなさそうだった。

そのため、僕達がウラノスで先行しながら探索する方法をとったんだ。

僕とアカネ、ルルちゃんはウラノスの中で話し合う。

「島影発見。あれが目的地の島だね」

「ええ、島の大きさや聖域からの距離を考えても間違いないわ」

「ガルーダ、サンダーボルトと合流して編隊を組むニャ？」

「いや、僕達は滑走路が造れそうな場所を探そう」

ガラハットさんに、ウラノスに設置してある通信の魔導具で連絡し、先行して滑走路候補地を探すと伝える。

上空からでも人の営みの様子は見てとれた。

「どうやら東西南北に分かれている感じだね」

「勢力争いの結果、こうなったって感じじゃないの？」

「そうなんだろうね」

アカネの言葉に、僕は頷いた。

現在の島の状況は、ある程度は聖域にたどり着いた人達から聞いている。だから四つの部族に分かれているのは知っていた。

因みに、現在救出された人達は、聖域の玄関でもある出島区画で療養中だ。いずれ彼らが住む場所を考えなきゃいけない。

当然、聖域に暮らせる人もいるだろうけど、長く島という小さなコミュニティで暮らしてきた人達に、他者が多い環境はストレスが多いだろうし、落ち着く時間は必要だ。

とはいえ、救助者全員が聖域で恒久的に受け入れられるかは不確定だ。だから今のところ出島区画にいてもらっているが、永住できる土地を探さないといけないかな。

そうこうしていると荒地を見つけた。

「おっ、あの辺なら滑走路を造っても余裕があるな」

「本当ね。周りも平坦だから、進軍するのも楽そうね」

滑走路を造れそうな何もない荒地を見つけ、その上空で旋回し続けていると、二機のサンダーボルトが地均しのための法撃を始めた。

響きわたる爆音と舞い上がる砂煙。島の人達も直ぐに気付いただろうけど、これも作戦のうちだ。

圧倒的な武力を見せつけ、それにより最初に心を折っておこうとガラハットさんと話し合っていた。

そもそも、島の人達の武装は、最近こそ鉄の武具が浸透し始めたそうだが、それまで長きにわたり魔物素材を加工した武具だった。

加工技術もそれなりで、特別優れた武具はない。だいたい、島に棲息する魔物がそれほど強くないので、その魔物から造られる武具も、当然それなりになる。

そして鉄製の武具に至っては、鍛冶の知識はあったものの、専業の鍛冶師がいなかったそうだから、その品質もお察しだ。

そこにシロウトでもひと目で強力だと分かる装備に身を包んだ聖域騎士団と、ダメ押しにガルーダやサンダーボルト、サラマンダーを見せて、戦う前に勝負を決めてしまおうという狙いだ。

まあ、あまり気は進まないけれど、攻めてくるなら迎え討つだけ。

滑走路を必要としないサンダーボルトが着陸し、工兵が魔導具を手早く設置し起動。瞬く間にガルーダ用の滑走路が完成する。

そこに巨大な飛空艇ガルーダが着陸し、それを見届けた僕達のウラノスも着陸した。

ガルーダのハッチが開き、陸戦艇サラマンダーが次々と出てくる。

アカネがそれを見て言う。

「仮設拠点、造るのね」

「天幕を魔導具にしたやつだけどね」

サラマンダーとは別に、各騎士団員達が天幕の魔導具を展開して、仮設の拠点を設置していく。

勿論、仮設トイレや湧水の魔導具の設置も行っていく。

火精騎士団、風精騎士団、水精騎士団、土精騎士団から選抜された精鋭達が、素早く部隊を展開し拠点を整えていた。

今回、飢えた住民の救済が目的の一つだから、戦ってお終いってわけにはいかないからね。ある程度、腰を落ち着けて活動する予定だ。

「ガラハットさん。しばらく警戒しながら待機でいいですね」

「ああ、向こうの出方を見てからでもいいじゃろう。ただ、食糧の配給準備はしておこう」

「お願いします」

いきなり向こうから攻撃される可能性もないとは言えない。一応、警戒しながら作戦会議といこうか。

◆

その日、島に巨大な何かが飛来し、荒地で爆音が響いた。

サンダーボルト二機による地均しのための法撃だ。

この島の人間に、優れた魔法使いはいない。それもあって、空から降る魔法の法撃音には恐怖のあまり気絶する者すらいた。

タクミとアカネ、ルルの乗ったウラノスが先行し、ガルーダが着陸する滑走路を敷く場所を見つけ、サンダーボルト二機による法撃からの急着陸。そして工兵部隊による魔導具設置から滑走路造成。

そこに巨大な飛空艇ガルーダが着陸した。

着陸したガルーダの後部ハッチが開くと、そこから陸戦艇サラマンダーが各騎士団の数だけ出撃する。

飛来した巨大なガルーダを目にした現地の人々は恐怖した。

それも当然だろう。この島には、最近まで鉄製品がなかった。当然、馬車などの乗り物もない。かろうじて荷車は、木材と魔物素材を利用して作られ存在していたが、ガルーダのように巨大な、しかも空を飛ぶものなど理解の外だ。

サンダーボルトとガルーダは、多くの住民が目にする事になり、その者達の混乱は大きかった。

恐怖の声を上げ、逃げ惑う人々。

ある者は森に隠れ、ある者は家に閉じこもる。

そしてある者は、族長へと助けを求めた。

民から話を聞くと、族長親子は動揺した。

「親父！　どうする？」

「喚(わめ)くなっ！　とにかく偵察に何人か出せ！」


この混乱は、東西南北の部族全てに波及し、それぞれの族長は偵察に手下を送り出した。

それと同時に兵を集めようとするが、当然集まりがよくない。住民は怯(おび)え、逃げ惑い、家にこもり震えていた。

しかし、どうやら相手がどれだけ強大であろうと、族長達は屈する事はなさそうだ。

狭い島しか知らぬ者達。まさに「井の中の蛙(かわず)大海を知らず」を身をもって知る事になるのだが、それでも支配者階級にしがみつくのだろう。

弱者から搾取する。族長達は、その生き方しか知らないのだから。

24　神託のようなもの

タクミと聖域騎士団の襲来に大混乱する、島の族長と住民達。

ただ、そうではない人もいた。

教会の見習いシスターの少女もその一人。

タクミのように、ノルンが目の前に顕現するわけでもなく、声が聞こえるわけでもない。ただ、何となく女神ノルンの意思が伝わってくる。

創世教の神官も神託としてノルンの声を聞く事はある。そのシスターは神官に負けないくらい熱心にノルンを信仰しているはずなのに、どうして神託が中途半端なのか。

それは大陸から戦乱を逃れて海へと漕ぎ出した時、女神像までは持ち出せなかったせいで、今の島の教会にはノルン像がない事が原因だった。

女神像の代わりに広げられた白い翼がシンボルとしてまつられている。女神をあらわすそのシンボルにまだ成人していない少女が跪き、熱心に祈っていた時、その神託はくだされた。

「はっ⁉」

突然、神託を授かった少女は、バッと立ち上がり声を上げた。

「神父さまぁー！　モルド神父さまぁー！　たいへんですぅ！　女神様からのご神託ですぅ！」

「これ、コリーン、何事です。少し落ち着きなさい」

島の東にある教会を預かる神官が、大声で叫ぶ少女コリーンを宥める。

「それどころじゃないんですよぉ！　女神様の使徒様が、来られるんですよぉ！　私達に手を差し伸べてくれるんですよぉ！」

「女神様の使徒？　手を差し伸べる？　コリーン、寝ぼけてるのか？」

「ちゃんと起きてますよぉ！」

なかなか信じてくれないモルド神父に、手をわちゃわちゃ動かし、必死に説明するコリーン。

「……なんと、あぁ、女神様に我らの声が届いたのか」

「これで、島の人達が助かります！」

「ああ、ああ、女神ノルン様……」

コリーンの話を聞き、涙を流しノルンに祈るモルド神父。ここ数年、食糧不足で飢えて亡くなる人が絶えず、それでも族長達への税は変わらぬ生活に、限界を感じていた。

基本的に、教会は寄付で成り立っている。大陸では酒造などを行う教会もあるが、この島の教会の規模では難しい。

教会の裏で畑を耕し、糧(かて)の足しとする事で、細々と生き残ってきた。

教会が最後のセーフティーネットであるのはこの島も同様で、孤児院(こじいん)が併設されているので、村から多少の施しはあるが、足りているとは言えない。

見習いシスターのコリーンは、この教会の孤児院出身で、見習いとなってまだ日は浅い。

その見習いのコリーンが言う神託という言葉に、モルド神父は疑いを持たなかった。

これまでも何度か神託がくだったという記録があり、明確な言葉として授かる事はなくとも、何となくそうだと理解できると伝えられている。

そして響き渡る爆音。

慌てて教会を飛び出した神父とコリーンは見た。空を飛ぶ巨大な何か。

「おお……ノルン様、我らをお救いください」

「神父様！　アレです！　使徒様が来てくださったのです‼」

「まさか」

モルド神父が恐怖に顔を強張らせるなか、コリーンがガルーダを見て確信したように断言する。

「神父様。私、見てきます！」

「一人では危ない。私も行きましょう」

爆音の鳴った場所は、この集落から内陸へ少し行った荒地付近。そこまでなら時間もかからない。

コリーンは、女神ノルンの使徒が救済に来てくれたと信じて疑わないので、見に行くのに恐れはない。ただ、コリーンの受けた神託が本当だと思ってはいても、神父は年若い少女を一人で行かせるわけにはいかなかった。

そして偶然なのか、それは意図されたものなのか、東西南北全ての教会で神託を受けた者がいた。

熱心なノルン信者故か、あるいは女神ノルンの思し召しなのかは分からない。

ともかく教会関係者達は、恐怖し慌てる族長達をよそに、タクミと聖域騎士団が構築する拠点へと向かうのだった。

コリーンとモルド神父が見たのは、よく知る荒地ではなく広く平らに整えられた地面と巨大な何か。そして馬車にしては大きすぎる金属の箱のようなもの。その周辺を動き回る多くの人達。

草むらに身を隠したコリーンとモルド神父は、その光景をしばし呆然として見続けた。

コリーンは、この中に女神ノルンの使徒様がいると信じて疑わないのだが、あまりにも予想外の光景に動けなくなっていたのだ。

それも仕方ない。四つの騎士団から選抜された精鋭に加え、創世教の教会から回復魔法や浄化魔法の使い手が来ているので人数も多い。

「神父様。いっぱい人がいます」

「……揃いの鎧に身を包む人々。おそらく何処かの騎士団でしょう。まず間違いなく大陸からですね」

「騎士団です？　大陸ですか？」

モルド神父は、古くからある教会の記録を目にしているので、自分達の祖先が昔々大陸からこの島に逃れてきたのを知っている。そして、騎士という存在も記録に残っていた。

「揃いの金属鎧に腰には剣。教会に遺されている本に書いてあった通りです」

「だーかーらー、騎士って何ですか?」

「しっ、声が大きいですよ、コリーン」

モルド神父がコリーンに注意するが、あまり意味はない。何故なら、聖域騎士団が設営する拠点に近づく者を、精鋭部隊である騎士団員が察知しないわけがないからだ。

特に風精騎士団の団員はエルフ。精霊の声を聞く彼らに察知されないようにするには、高価な魔導具が必要になるが、当然この島にそのような魔導具など存在しない。

それに加え、タクミやカエデの広い索敵範囲と察知能力からは逃れられないだろう。

25 現地人との接触

拠点設営を進めていると、近づいてくる気配を察知した。その直ぐ後には、風精騎士団からも精霊経由で、現地の人間が近づいてきているという報告が入る。

「敵対する意思はないようですな」

「ええ。あんな爆音が響いた後、直ぐに寄ってくるんですから、多分助けを求めて接触しようとしてるんでしょう」

ガラハットさんも敵ではないと判断したようだ。その考えに、僕も頷く。実は、僕には別口で情報が入っているから知っていたんだけどね。

現在、滑走路の周辺の土地を、土精騎士団の団員のドワーフ達が整地し、その四方に陸戦艇サラマンダーを配置。東西南北からの敵に備えている。

陸戦艇サラマンダーは、各騎士団に二台ずつ持ってきたので計八台。はっきり言って、この島の勢力に対して過剰戦力だ。

他にも聖域の創世教会から神官がお手伝いに来てくれている。光属性魔法の使い手を中心に、救済活動を手助けしてくれる予定だ。

まあ、ノルン様から助けてあげてと神託があったのはもう皆んなが知るところだから、聖域の創世教会が動かないわけがない。

「タクミ、私はルルと北を見てくるわ」

「グライドバイクで行くニャ」

「分かった。気を付けてね」

アカネとルルちゃんが、火精騎士団数人を連れて北へと向かう。島の東側の少し内陸部に拠点を設置しているので、東側の集落から来る気配が一番早そうだ。

南と北にも同じような気配が遠くにある。その迎えに行くみたい。西の集落からは、北か南を回って来る必要があるので、ここまでたどり着くには少し時間がかかるだろう。

どうして、そんな事まで分かるのかと言うと、実はノルン様から連絡が入ったからなんだよね。

『タクミ君が助けに来てくれたからって言っておいたから、よろしくね』ってね。

いや、神託が軽いなぁ。まあ、いいけど。

ただ、こっちの教会関係者への神託って、僕宛てみたいに、声が聞こえたり、顕現して姿を見せたりするようなはっきりとしたものじゃないらしく、ボヤッとノルン様の意思が伝わる感じみたい。

それと今回、魔馬(まば)は連れてきていない。何処に毒の影響があるか分からないので、騎士団用に造ったグライドバイクを持ってきている。

騎獣や魔馬は、レベルを上げて進化しているので非常に賢い。未開地や魔大陸で活動するならむしろ魔馬の方がいいんだけど、流石に毒の心配のある場所に連れてくるのはね。

さて、そこで覗いている人に声をかけようかな。

ガラハットさんと顔を見合わせ、アイコンタクトをする。

「そこに隠れているのは、現地の方ですか？」

「ひっ⁉」

「てっ、敵ではありません‼」

急に声をかけたので驚かせたみたい。その場に飛び上がるようにして立ち上がったのは、まだ成人を迎えていないくらいの少女と、老齢の男性。着ているものが、創世教のものとはだいぶデザインが違うけれど、おそらく二人とも神官だろう。神父とシスターって感じかな。

まあ、ノルン様の神託を受け取れたんだから、そりゃ神職か。

「怖がらなくても大丈夫ですよ。僕達は、この島に戦争をしに来たわけじゃありませんから」

「あ、あなた達は、大陸から来られたのですか？」

「ええ。東にある大陸からですね」

神父らしきこの男性は、知識人なのか、大陸の存在を知っているようだ。

聖域に逃げてきた人達も、島の教会で幼い頃から、自分達の祖先が戦乱から逃れて島にたどり着いた事を教えられるので、大陸の存在は知っていた。

「大陸では、空を飛ぶ乗り物があるのですね」

「保有しているのは聖域だけですけどね」

「聖域……？」

モルドと名乗った神父は、ガルーダやサンダーボルトを見て勘違いしているっぽいので、訂正しておく。

ただ、聖域と言っても通じなかったので、僕達がどのような存在なのか、聖域の事を含めて説明した。

「……精霊樹に大精霊様ですか」

「ほわぁ～、大陸は凄いんですねぇ～」

モルド神父は精霊樹と大精霊と聞き、呆然としているけれど、シスター見習いのコリーンちゃんは、あまり分かっていない感じだな。

この島の教会と創世教は、教えに関して差異は少ないみたいで、世界樹や精霊についても知っていた。コリーンちゃんは見習いって事で、勉強中なのだろう。

そして今回、何故僕達がこの島に来たのかを話す。

「そうですか。半数でもたどり着いたのですね」

奇跡的に聖域近くにたどり着いた避難船の事、その船に乗っていた半数が亡くなった事を聞き、モルド神父は言った。

「ううっ……」

コリーンちゃんは亡くなった人達を想ってか、涙を流していた。

実際、あの状況でよく半数も助かったとは僕でも思う。

それでも救えなかった人達の事を思い出してやるせない気持ちになっていると、コリーンちゃんが少しためらった後、僕に話しかけた。

「あ、あの！　あなたが女神様の使徒様ですよね！　お願いします！　飢える民を救ってください！」

「これ、コリーン！」

ああ、ノルン様の神託で、その辺りまでは分かってたんだな。

「ふむ。確かにイルマ殿が創世の女神様の使徒に間違いない。此度(こたび)の遠征も、女神様の意思によるところ。我ら聖域に生きる者として、この島の民を救済する事を約束しよう」

「そ、そうですね」

コリーンちゃんの訴えに答えたのは、僕の横で話を聞いていたガラハットさんだった。

うん、これじゃあ僕はかっこつかないね。

仕方ない、若造の僕なんかと違って、元バーキラ王国近衛騎士団の団長で現聖域騎士団の団長のガラハットさんの方が、どう見たって偉そうに見えるんだから。

「ありがとうございます。本当にありがとうございます」

「ううっ、これで皆んなを助ける事が出来ます」

感涙(かんるい)しながらお礼を言うモルド神父とコリーンちゃん。話を聞くに、ここ数年は特に食糧難で餓死(がし)する人まで出ているらしい。

決死の覚悟で海に出る人がいるんだから、相当酷い状況なんだろう。

モルド神父に東の集落の人数を聞き、ここまで連れてこられるか聞いてみる。

何故、ここに来てもらうのかというと、東西南北の集落それぞれに民を支配し、搾取する族長とその私兵がいるというからだ。となると、それぞれの集落で食糧を配給しても、僕達が離れた途端に配った食糧を奪われる可能性が高い。

それともう一つ。集めた方が護りやすいんだ。話を聞いた限り、何処の族長も平和的に食糧の援助を受けるとは考えられないらしく、必ず兵を集めて攻めてくるとモルド神父は言う。

サンダーボルトとガルーダにかなりビビッているのは間違いないようだけど、それ以上に族長達は漏れなく傲慢で欲深いそうだ。

そうなると自分達が支配する民を平気で人質にしそうだ。

「ここまで歩けない人はいますか？」

「幼い子供はいますが、親が抱けばいいので大丈夫だと思います」

「じゃあ、食事と体を休める場所の準備をして待っています」

「分かりました」

「でも神父様。族長が……」

モルド神父にお願いしていると、コリーンちゃんが族長を怖がっていた。確かに、素直に集落の人達を連れてこさせないか。

僕が迎えに行くべきかと考えていると、ガラハットさんが引き受けてくれた。

「ふむ。それなら各騎士団が行こう。サラマンダーを一台ずつとグライドバイクを派遣すれば問題なかろう」

「お願い出来ますか」

「承知した」

サラマンダーを一台ずつと、グライドバイクがあれば、この島の族長が持つ私兵相手なら過剰戦力だ。

その後、僕は土精騎士団のドワーフ達と協力して、簡易の住居を建てていく。ウラノスで上空から見た限り、簡易とはいえこの島の人達が住む家よりはずっと頑丈で住みやすいと思う。まあ、集落から少し離れた場所に建つ、族長一族の家は立派だったけどね。

しばらくすると、モルド神父とコリーンちゃん以外の、ノルン様の神託を受け取った教会関係者が接触してきた。北へ向かったアカネとルルちゃんも戻ってきている。

ただ、多少のトラブルはあったみたい。

「えっ、戦闘になったの？」

「そうなのよ。いきなり襲ってきたのよ。私とルルが若い女だからじゃない」

「殺してないニャ」

「そ、そうか。襲われたんなら反撃も仕方ないか」

どうやら北からの教会関係者を保護しようとした時、突然襲ってきたらしい。その後、アカネが連れてきた北の教会の神父さんが言うには、この島の各族長勢力は日常的に、他所の集落から若い女を攫うという事をしているそうだ。

この島の東西南北に分かれた集落の人達は、それぞれ縁戚も多いのでいがみ合っているわけじゃないそうだけど、族長達は勢力争いで小競り合いを頻繁に起こしているらしい。

「女性を攫うって……」

「まあ、この狭い島で、血が濃くなりすぎるのを防ぐ意味があったんでしょうけどね。今はそんなの関係なく対立してるみたいよ」

「何も攫わなくても交流できるだろうに」

「それが出来るようなら、弱者から搾取なんてしないわよ」

「それもそうか」

その後、モルド神父やコリーンちゃん以外の教会関係者は、騎士団と一緒に一旦集落へと戻ってもらった。いくら食糧を配給するって言っても、僕達だけだと信じてもらえないだろうからね。現地の人に説得してもらうのが一番だ。

それより各集落の族長勢力が厄介だ。

東西南北の集落は、それぞれ三つから五つの村が集まって成り立っている。

村と村の距離が近いのは、族長一族が支配しやすいようにというのと、漁業なんかは協力して行っているかららしい。

それなら村を一つに纏めればいいのにと思うのだけど、村々の長には族長の一族が就いているそうで、そのポストを減らしたくないんだろうね。

ただでさえ貧しいのに、中途半端に支配者階級を増やす仕組みに首を傾げたけれど、長くこの体制が続いてきた結果か。

「族長達が民の移動を邪魔する可能性が高いのう」

「そうですよね。搾取する対象がいなくなると、流石に動きますよね」

ガラハットさんがアカネとルルちゃんが襲われた件を聞き、面倒そうに言い、僕も頷く。

ガルーダやサンダーボルトに怯えたとしても、ここで動かないと自分達の支配が崩れてしまう。

それなりに私兵を持っているそうだし、動くと見た方が良さそうだ。

「歯向かう奴らを殺さず手加減するのが面倒じゃな」

「実力も装備も天と地の差がありますからね。とはいえ、向こうは殺す気まんまんで攻撃してくるんですから、加減を間違っても仕方ないと思いますよ。それでこっちの団員が怪我をするのもバカらしいですし」

「そうじゃな。後手に回って住民に被害が出てもつまらんしな」

「では警戒をお願いします。僕は家の建設を急ぎます」

「うむ。蛮族の相手は任せてくれ」

近衛騎士団の団長だったガラハットさんは、もともと対人戦が専門だった。だから人間が相手でも判断を誤る事はないだろう。

僕は整地するスペースを拡大し、追加で建物を建てる。その中には、捕縛した族長側の兵を収容する牢屋もある。

飢えと毒の影響がある人も多いので、建物は多めに用意しておく。特に体調の悪い人は、創世教の人達が治療の助けをしてくれる予定。

まあ、レベルの関係上、治療の主力はどうしても僕とアカネになるんだけどね。


その後、東西南北の集落から人が集まってきた。歩けない人や幼い子供は、サラマンダーに乗せて運ぶ。内部が空間拡張されたサラマンダーなら結構な人数を乗せられるので、助けたい人達はほぼ全員集まったんじゃないかな。

勿論、島に住む人全員じゃない。族長一族やその私兵達、族長の縁戚である村の長の一族は飢えとは無縁みたいだから。

他にも、島の外から来た僕達を警戒して村に残る人もいる。多分、ここに集まったのは本当にせっぱ詰まった人達だけなんだろう。

同じ集落の中でも差があるみたい。

とはいえ、僕達が毒をどうにかしないとジリ貧なのは違いない。

とりあえず今は族長勢力からの攻撃を警戒しつつ、病人の治療と食糧の配給だな。

26 治療と食事

集まった人達には、薄めたヒールポーションを最初に飲んでもらった。ヒールポーションなのであまり毒には効かない。

長く何も食べられていない人が、いきなり食事を摂ると場合によっては死ぬ事もある。本来なら白湯なんかから徐々に慣らしていくべきなんだけど、それをヒールポーションで、食べ物を摂れる身体に強引に整えているんだ。ファンタジー様々だよね。回復魔法やポーションが便利すぎる。

これで食事の後に体調が急変して亡くなるなんて事はない。とはいえ、食事っていう行為も体力を使うので、最初に与えるのは食べやすいお粥だ。

「必ずこのポーションをコップ一杯飲んでから食べてください！」

「たくさんありますから！　並んでください！」

創世教の神官と騎士団の団員が大きな声で呼びかけ、集まった人達にまずポーションを飲ませている。万が一があっても、僕もアカネもいるから大丈夫だろうけどね。

あと既に自分で動けないほど衰弱している人には、神官の中でも光属性魔法を使える人がヒールをかけている。

それで栄養不足がどうにかなるわけじゃないけれど、自分で食事を摂れるくらいには回復するんだ。

「さて、じゃあ僕達は毒の治療をしようか」

「はぁ、一応全員よね」

「まぁ、念のためだね」

「仕方ないわね。ちゃっちゃと済ませるわよ」

僕とアカネには解毒という仕事がある。いちいち全員を鑑定して、解毒が必要か調べるのも面倒なので、もうこの際全員にキュアをかけていく事にした。

アカネは、集まった人達の人数を見てゲンナリしているが、僕とアカネで手分けすれば直ぐに終わるだろう。

「キュア。ついでにヒール」

「ありがとうございます。ありがとうございます」

「食事が配られるので、しっかり食べてくださいね」

僕は特に具合の悪そうな人から治療していく。その人は体が楽になったのか、涙を流してお礼を言ってくる。あとは食事で元気になるだろう。

騎士団のマジックバッグや僕のアイテムボックスには、山ほどの魔物肉が収納されている。

大バーベキュー大会といきたいところだけど、飢えた人達にガッツリお肉はよくない。やるとしても、もう少し回復してからかな。


一通り治療と食事の配給を終え、集まった人達には僕と土精騎士団とで建てた簡易の宿泊施設？で休んでもらっている。

で、僕達は作戦会議だ。

「族長勢力の兵がまだ来ないですね」

「物見くらい直ぐに出すかと思ったが、儂らの想像以上にサンダーボルトやガルーダが怖かったのじゃろう」

ガラハットさんが言った。

よほどインパクトがあったのか、アカネとルルちゃんが襲撃を受けた以外、東西南北の集落を支配する族長勢力から反応はない。

「迎えに行ったのもサラマンダーとグライドバイクですもんね。アレもこの島の人達から見れば、十分怖いかもしれない」

「島の外から来た人間ってだけで怖いのかもよ」

「ああ、それはありそうだね」

アカネの言葉に、僕は頷いた。

とはいえ、アカネとルルちゃんを若い女と見て嬉々として襲ってきた事を見ても分かるように、基本的に族長一族とその取り巻きは、この島ではやりたい放題みたいだ。

ここで島民に食糧を配給しているなんて知ったら、間違いなく騒ぐだろう。

「まあ、でも警戒はしないとね」

「それは当然だけど、毒と栄養失調以外の病人はどうするの？　キュアとヒールでもそれなりに治るけど、やっぱりアレを使った方がいいんじゃない」

「そうだね。僕かアカネなら、しっかりとしたイメージと病気に対するある程度の知識があるから、キュアとヒールでほぼ完治するけど、教会の人達では難しいからね」

回復魔法って、結構大雑把な魔法だと思う。大抵の怪我はヒールで治るし、欠損すらエクストラヒールで治療出来てしまう。

キュアだって、毒を解毒するんだけど、毒の種類なんて関係なく治癒してしまうからね。

ただ、実はそんな回復魔法にも、術師により差があるんだ。僕やアカネみたいに、現代日本の知識を持つ者が行使する回復魔法は、その効果があきらかに強い。

この世界のほとんどの人達は、魔力マシマシのゴリ押し回復魔法みたい。

ただ、この世界の人達が使う回復魔法が劣っているわけじゃない。どんな種類の毒だって、たいがいキュアで治っちゃうからね。魔力のコストさえ気にしないのなら、使い勝手はいいと言えるんじゃないかな。

で、そんな関係で病気に対しては、僕やアカネ以外のヒールやキュアが効きにくいし、ヒールポーションは病気を根本から治す役には立たない。

その辺の問題を解決しようと、聖域で大精霊であるドリュアスとセレネーに協力してもらいながら開発した、アカネの言うアレが……

「キュアイルネスポーションか。でもアレって癌(がん)や心筋梗塞(しんきんこうそく)なんかには効かないんだよな」

「大抵の感染症に効くんだから十分じゃない。風邪にも効くなんて、世界が違ったらノーベル賞ものよ」

「確かにそうなんだけどね」

キュアイルネスポーション。これはインフルエンザなんかのウイルス由来の感染症から、細菌が原因の病気まで治してしまうというふざけた効能のポーションだ。

まあ、僕は伝説の霊薬ソーマを作った事もあるし、なんなら今もアイテムボックスの中に大量にストックがあるんだけどね。

「まだまだ栄養失調で体調を崩しやすいでしょうし、キュアイルネスポーションを創世教の神官達に渡しておけば安心でしょう」

「そうだね。それなら僕やアカネも動きやすくなるか」

今回、ここに来ている創世教の神官は、聖域の治癒院で働いている人達でもあるので、もう既にキュアイルネスポーションを使った治療を経験している。

彼らにポーションを渡しておけば、だいたいの症状に対応出来るだろう。せっかく助けると決めたんだから、毒だけじゃなく病気も良くなった方がいいしね。

「とりあえず、薄めたヒールポーションと食事、あとキュアイルネスポーションでひと息つけるわね」

「ああ、それと念のためキュアポーションも渡しておくから何とかなると思うよ」

これで助けを求めて集まった島民は大丈夫だろう。

あとは族長勢力なんだよね。大人しくしていてくれればいいんだけど……無理だろうなぁ。

27　調査

困窮する島民の全員ではないけれど、それなりの人数をとりあえず救済出来た。とはいえ、このままでは何も解決していない。

「島の調査は、僕とアカネとルルちゃんで行きます」

「ふむ。それなら風精騎士団から何人かつけよう。精霊の声が聞ける者がいた方がやりやすかろう」

「それはありがたいですね。お願いします、ガラハットさん」

「うむ。我らは周辺の魔物の調査をしておこう。拠点の警戒は任せてくれ」

で、同行する事になった人員というのが……

「……聖域騎士団に入ったんですね」

「仕方なかったんだ」

「嘘(うそ)ですよ先輩。騎士団しか出来る事がなかっただけじゃないですか」

「うるさい！　黙ってろアネモネ！」

「どうどう、喧嘩しないでくださいよぉ」

ガラハットさんから派遣された風精騎士団の人員とは、僕とカエデがトリアリア王国から救出したソフィアの元同僚であるフランさん、アネモネさん、それと元冒険者のリリィさんの三人だった。

彼女達にはホーディアが企（たくら）んだユグル王国でのテロを阻止する時に、サポートメンバーとして協力してもらった。その際、僕達がブートキャンプで鍛えたので、聖域騎士団の団員として十分やっていけるのは間違いない。

というか、フランさんは文官には絶望的に向かないタイプだったみたいだ。聖域なら農業という仕事もあるけれど、性格的に大雑把で合わないんだとか。

他にも聖域には色々な施設があるので、そこで働くっていう選択肢もあったと思う。でも、騎士団があるなら騎士に戻りたかったみたいだね。

まあフランさん達なら、島の者が襲ってきても大丈夫だ。この島の兵——族長勢力の私兵の装備がお粗末なのは別にしても、その武術の技量やレベルやスキルも高くないみたいだからね。

これは理由がはっきりしている。

そもそもそれほど強い魔物がいない島なのが一つ。それに現状、戦闘と言えば東西南北に分かれた集落同士での小競り合いくらいしかなく、下々の民を脅す事にしか武器を振りかざさない事がもう一つ。そんな兵士が強くなるわけがない。

しかも東西南北の集落の力はどんぐりの背比べだと、聖域で救助した人達から聞いている。

狭い島だからこそ成り立っている環境で、これが大陸と地続きなら、あっという間にトリアリア辺りに攻め滅ぼされているだろう。

僕は自分のグライドバイクをアイテムボックスから取り出す。アカネはレーヴァからバギータイプを借りてきたみたいだ。フランさん達は、サイドカーがついた二台の騎士団用のグライドバイクに跨る。

「じゃあ何処から行きます？」

まず、この島の問題点を調査する。そこで精霊の声が聞けるフランさんに、どの方角から調べるか意見を求めた。

「一番遠い西側か、ここから少し南に行った場所。どちらがいい？」

「そうですね。遠い方にしましょうか。グライドバイクなら直ぐですし」

距離があるとは言っても、僕達の乗るグライドバイクならそれほど時間はかからない。

フランさんとアネモネさんが駆るグライドバイクが先頭を走り、その後ろに僕のグライドバイクとアカネとルルちゃんが乗るバギータイプ、最後尾にリリィさんのグライドバイクが続く。

この島の人達からの攻撃なら、僕らのグライドバイクでも平気だけど、騎士団用のものは防御力に特化しているからね。念のための隊列だ。

島の中央付近は山になっているので、それを迂回するように進む。こんな時、地面から浮いているグライドバイクは力を発揮する。

草の丈が長い場所は、先頭のフランさんとアネモネさんが風属性魔法か風精霊魔法で切り裂き走った。

目的地に到着すると、そこは鉱床ではなかった。

「これって毒草の群生地か」

「そうみたいね」

僕はアカネと顔を見合わせる。精霊が示した一つ目の場所は、鉱毒がそのままにされた場所じゃなく毒草の群生地だった。

「という事は、例の虫系の魔物って、これを食べてたって事か」

「精霊はそう言ってるな」

フランさんも原因の一つはここで間違いないと言う。

「近くに鉱床もあるようだ。行くか？」

「ええ、お願いします」

その後、何ヶ所か回ってみると、出くわした。

「うわっ。なかなか個性的な外見だね」

「本当、魔物とはいえ、この世界の虫って大きすぎよね」

「こんなものニャ」

槍で突き刺され仕留められたのは、この島の地下水脈を汚染した原因の魔物。

歯がたくさん生えた大きな口、地中に巣を作るからか、発達した前脚はシャベルのようだ。

その後ろの脚は普通だけど、一番後ろの二本は土を蹴りだすためか、前脚よりは小さいものの同じシャベル状だった。

ダンゴムシとオケラを足して二で割り、気持ち悪い大きな口をつけた感じかな。

「だけど、これって地下水が汚染されたのは偶然だよね」

「そうね。多分、巣にあった排泄物や死骸が、たまたま何かの拍子に水脈に流れたんだと思うわ」

「うん。コイツらって、フグみたいに毒を体内に蓄積して身を守る魔物みたいだからね」

あまりやりたくなかったけど、調査という事で仕方なく解剖もしてみた。虫と言っても、そのサイズは中型犬から大型犬くらいあるからね。

それで分かったのは、この虫は別に毒草が餌ってわけではないという事。勿論、魔物なので、その毒草に含まれる魔力は糧になっているだろうけど、主食は別の小さな魔物だった。

毒を食べるのは、体内に蓄積して外敵に食べられないように身を守る術だろう。

「これっ、鉱床の採掘が原因なんじゃない？」

「多分、そうだろうね。考えなしの採掘のせいで、地下水が汚染されたんだ」

アカネの指摘は多分、間違っていないと僕も思う。

「で、どうするの？　絶滅させるなんて難しいでしょう」

「そんな事はしないよ。毒の浄化をすれば、自然と落ち着くだろうしね」

多少の間引きは必要だろうけど、この魔物を全滅させる必要はないだろう。その性質から、基本的に積極的に人を襲うタイプの魔物じゃないからね。

てっきり大繁殖したのかと思っていたけど、そこまでじゃないようなので、毒を溜めすぎた個体を中心に間引き、鉱毒の浄化と地下水脈の汚染を何とかすれば、今まで通りの生活に戻れるかな。

ああ、農地の浄化も必要か。汚染された水を使っていたみたいだしな。

「でもタクミ、これって魔物を処理しても解決しないわよね」

「……そうなんだよね。困窮した人達は、族長一族とその取り巻きに支配される農奴扱いだからね」

そう。アカネが言うように、虫系の魔物による地下水脈の汚染を浄化すれば、万事解決ってわけにはいかない。

聖域で保護した船で逃れてきた人や、この島で集めた人達から聞いた話では、島では超えられない身分差があるらしい。

東西南北の各族長を頂点に、次にその一族。

その下に村の長。

その長の一族。

族長や村の長の私兵達。そして最底辺の困窮する民。

「アカネがさっき行った時は騎士団と揉めたんでしょう？」

「ほんと、小競り合いにもならなかったから、蹴散らしてお終いだったけどね」

騎士団が現地の神官達と拠点に民を連れてくる時、組織だってはいなかったけれど、アカネ達を攫おうとしたのか邪魔をしようとしたのか、族長側の兵士が襲ってきたらしい。しかし、本当に圧倒的すぎて相手にならなかったみたいで、直ぐに逃げ帰ったそうだ。

ただ、流石に族長側もこのまま黙っているわけがない。

長い間、甘い蜜を吸い続けてきたんだから、それをわけの分からない奴らに奪われたくないだろう。

「さて、一旦戻ろうか」

「そうね。どのくらいで兵を集めてくるか分からないものね」

僕が提案すると、アカネも賛成した。

「おそらく東西南北の集落から掻き集めるだろう。奴ら、私達を怖がっているからな」

「先輩は、まだ何もしていないじゃないですかぁ」

「アネモネ、うるさい！　同じ騎士団員なんだからいいだろう！」

「まあまあ、フランさんもアネモネさんも落ち着いて」

フランさんとアネモネさんのいつもの言い合いが始まり、それをリリィさんが止める。相変わらず仲が良いよね。

さて、拠点に戻って準備しないとな。はぁ、憂鬱になるね。

向こうは、こっちを殺す気まんまんで来る。だけど、僕達が本気で応戦すれば、この島の兵なんか簡単に殲滅してしまう。

加減が難しい。

28　怯えから怒り

東西南北に分かれた各集落で同じような姿が見受けられた。

おぼろげな神託を受けた教会の神官の動きにより、各集落から困窮する人達が聖域騎士団の拠点に集められた。

その過程で、族長達の勢力はいつもの小競り合いと同じ感覚で聖域騎士団を攻撃し、手痛いしっぺ返しを受けていた。

「俺の民が奪われただとぉ！　黙って行かせたのか‼」

「い、いえっ。兵を率いて交戦したのですが、奴ら恐ろしく強く、我らは手も足も出ず……」

「なっ⁉」

私兵を率いる男から詳しい報告を受け、顔を青くする族長。しかしこの男に、怯えて動かないなどという選択肢は存在しなかった。

この島の四つの集落の戦力は、良くも悪くもどんぐりの背比べ。

昔から小競り合いをしては和睦を繰り返してきた。

お互い全滅するまで本気で戦うなどしない。

どの族長もこの島のトップで居続けたいのだから。

そんなぬるま湯に首までどっぷり浸かった者達が強いわけがない。

ただ、支配欲が強く愚かな男は、このまま黙っているなど出来るはずもなく、直ぐに動き出す。

「奴らが何をしているのか探りに行かせろ。向こうの人数や、どんな装備なのかも調べさせろ」

「は、はい」

直ぐに情報を集めようとする行動は正しいのだろう。だが、族長の男には平和的に話し合うなんて考えは一欠片もない。

そして情報が集まり始める。

自分が放った斥候。

他の地区の族長からの報せ。

「島中の民を集めて施しをしているだと⁉」

「はっ、島の東寄りの荒地が広範囲にわたって平らにならされ、多くの建物が立ち並んでいました。どうやら病の者には治療も行っているようです」

「飯に治癒士だと。儂らを差し置いて、断じて許さん！」

「薬や食い物が大量にあるようです」

「民草の物は俺の物だ！　全て手に入れるぞ！」

口にした言葉から分かるように、この男は自分達の一族や近しい部下以外は下民として雑草程度にしか見ていない。

そんな島民に食わせる飯があるのなら、己に献上するべきだと本気で思っている。

そこにまた一人、偵察に出していた手下が、その目を欲望に染め戻ってきた。

「族長！　女だ！　上玉の女がいっぱいいたぞ！」

「なにっ！　本当か！」

「ああ、奴らの中に女の集団がいるのを、この目で見た！」

「ククッ、楽しくなってきたじゃねえか」

報告に戻った男が見たのは、水精騎士団の団員だ。水精騎士団は、人魚族で構成されているので、その団員は全員が女性だ。

基本、水精騎士団は、主に聖域の海側で活動しているのだが、陸での戦いも訓練されていて、今回のように各騎士団から精鋭を選出する際も、当然のように出撃する。

勿論、この島の兵とはレベルが違うのだが、族長の頭の中は上玉の女を手に入れられるという事で埋め尽くされる。

「族長、俺達だけで攻めるんですか？」

「……族長会議を召集するぞ。いや、あいつらからも召集がかかるはずだ。お前は、兵を出来るだけ集めておけ」

「分かりました」

島の東西南北にある集落同士は協力関係にあるわけではない。小競り合いは珍しくないし、それぞれ年頃の女を攫う事もある。

ただ、本格的な潰し合いの争いにならないように、いつの頃からか族長が集まり話し合うようになったのだ。


島の中央付近には高い山があるので、族長会議が行われるのは平地の多い西側。可能な限り四つの集落からあまり距離が変わらない場所にポツンと建てられた、大きめの建物で行われる。

会議までの動きは迅速だった。

未知の恐怖故の行動だろうか。

島の歴史でも異例なほど素早く族長会議が召集された。

同時に、それぞれが継続して斥候を放ち、情報収集にも努める。

族長達は少数の側近を連れ、地上を速く駆けるダチョウのような大型の鳥に乗り、集合場所に急いだ。


タクミ達の元に多くの島民が集まり、治療と食事を与えられ、快適な部屋で体を休めて落ち着いた翌朝——

夜通し駆け続けた族長達が揃い、顔を合わせた。

各族長達が、お互いの顔を見て少しホッとした表情になる。

「集まったか。爆音と共に飛来した巨大な鉄の鳥。おそらく我らの祖が逃げ出した大陸からだと思う」

「ああ、恐ろしい音だったな。屋敷が震えたぞ」

「東のか。お前の集落は特に近かったからそうだろうな」

「南の俺のところまで空気が震えたからな」

お互い仲間ではなく、顔を合わせても喧嘩をする事はあれど馴れ合う事などなかったのだが、幸か不幸か共通の脅威に団結せねばと思い至ったようだ。

特にタクミ達が拠点とした荒地に近い東側の族長は、その屋敷を震わす法撃に自身も震えたらしい。

「それじゃあ、今の時点で分かっている情報を共有しようじゃねぇか」

一人の族長がそう言うと、残りの三人が頷く。

「まずは、下民共の移動に教会の坊主共が関わっている事か」

「ああ、それは俺のところもだ」

「うちもそうだ」

「俺のところも教会の奴らが連れ出した」

「教会か……厄介な」

「「ああ」」

島民を農奴のように扱い、下民と蔑む男達だが、この島でも長い歴史を持つ教会とは明確に敵対したくない。

魔法使いが少なく、魔法の知識も失伝しつつあるこの島で、教会の神官達は様々な薬草を使い島民の治療を担っていた。

その他にも、教会はこの豊かとは言えない島の虐(しいた)げられた島民達に寄り添う重要な存在だった。

族長勢力が神官を追放でもしようものなら反乱すら起きそうだ。

大陸と別れて長い年月が経ったが、それでも創世教を源流とする教会の神官は、奇跡的にまともな人間がほとんどだった。

いや、そういう人間だから神職となったのか。

「それよりも奴らの数はどうなんだ?」

「よく分からねえ鉄の乗り物は別にして、人の数なら俺達の兵を掻き集めればずっと多い」

「だが包囲するほど多くもないぞ」

「ああ、やるならまとめて襲撃した方がいい」

未知の敵ではあるものの、騎士団側の人数がそれほど多くない事は彼らにも分かっていた。

それぞれ陸戦艇サラマンダーや巨大なガルーダに怯むところはあるものの、族長が集まるとどうしても弱味は見せたくないようで、無謀にも襲撃するのは決定していた。

「それよりもだ。奴ら恐ろしく大量の物資を運び込んで施しておるそうだぞ」

「なに、食い物だけじゃないのか？」

「ああ、服なんかも大量にあるみたいでよ。下民共に配っていたらしい」

「なんだと！　勝手な事を、許せんな」

「ああ」

この島では麻に似た植物から布を織るなどして服を作っている。布は貴重なため、上物は支配者階級が独占し、末端はボロボロの服を継ぎ接ぎして大事に着ている。

そんな下民や農奴と蔑む者達が、大陸から持ち込まれた衣料を与えられていると聞き、族長達は激昂している。

タクミ達は、避難船に乗っていた人達に聞いて現状を把握していたので、出発前に転移ゲートで王都に移動し、パペック商会の伝手を使い可能な限り大量の古着を入手していたのだ。

「村に戻ったところで奪うか」

「いや、食い物など村に持ち帰るか分からんぞ」

「持って帰れる量もしれているからな」

「なら直接奪うしかないか。まあ、その方が面倒もない」

実は聖域騎士団が設置した拠点の仮倉庫。

そこに大量の物資を運び込んだのは、欲深かな者達を誘き寄せる罠だ。

大容量のマジックバッグをいくつも所有している騎士団なので、普通は物資を運び込む様子など見られる事はない。

ダンジョンもないこの島ではマジックバッグなど存在しないし、そのような魔導具があるという知識の継承もなされていない。

お陰で見事に族長達は食いついた。

今も集落の下々の者から搾取しているものの、命懸けで海に逃げる者が出るくらい、現状の島は危機的状況だ。

族長やその一族といえど、不安になるくらい実りは少ない。

そこに大量の食糧を含む物資とくれば、恐怖よりも欲が勝つ。

しかもこの場で自分が怯えたなどと認めたくない。

「じゃあ、一旦戻って兵を連れて集結でいいな」

「ああ、集落に残す必要もないからな」

「数は力だ。奴らの倍以上の戦力で攻めれば、負けはないだろうぜ」

「おお、奪った物資は山分けでいいな」

「「「おう！」」」

族長会議により、それぞれ最大兵力をもって襲撃する事が決まった。

大量の物資と、ついでに鉄の乗り物や聖域騎士団の装備を奪えればなお良しだと、怯えていた事も忘れて集落へと戻る族長達。

可能なら他の地区の族長を出し抜ければと、それぞれの族長が考える。

何処まで行っても族長同士は、信頼できる仲間などではなく、隙（すき）を見せれば喰われる敵なのだから。

29 襲撃

僕――タクミは島の調査を終えた後、荒地の滑走路と仮設の休憩用の建物や倉庫が立ち並ぶ拠点の整備をしていた。
滑走路の横を広く整地しただけだったのを、島民が集まった後に防壁で囲っている。

グルリと周囲を全て囲う防壁ではなく、敵からの攻撃範囲を狭めるためのものだ。

防壁のない場所には、陸戦艇サラマンダーを盾代わりに置けば、舐めているわけじゃないけれど、この島の族長達の戦力からなら余裕で守れるだろう。

あとは、どの程度の反撃にとどめるかなんだ。

僕やアカネや聖域騎士団の団員が、本気で反撃すると間違いなく殲滅しちゃうからね。

一人で土属性魔法を使い、防壁を造り終えようという頃、アカネがやって来た。

「どう、アカネ。島民の皆さんの状況は？」

「もう大丈夫よ。もう一度薄めたヒールポーションを飲めば、明日にはバーベキューでも食べられると思うわ」

「そうか。良かった。じゃあ、明日は本当にバーベキューにしようか。魔物肉なら売るほどあるしね」

「いいんじゃない。馬鹿共が兵を掻き集めて攻めてくるまで時間がかかりそうだしね」

「ああ、本当に救えない人達だよ」

アカネからの報告にホッとする。現在、この拠点に集まった島民の人数はおよそ三千人。この三千人は、直ぐにでも助けを必要としている人の数だ。

拠点はもう街が出来たような感じだけど、実際には島民の人数は凄く少ない。

ここ数年でバタバタと亡くなる人が続出し、新たな命の誕生もないらしい。

この島の問題として、地下水が毒に汚染される云々以前に、あまりに生活環境がよくない。

それに加え、飢饉だとしても族長勢力が変わらず搾取するのだから、人の数が増えるわけがない。

このままなら、数年もたずにこの島は終わるだろう。

ノルン様、もう少し早めに教えてください……

言い方は悪いが、一番人数が多くなければならないはずの農業や漁業に就く島民の数が、直接働けない年寄りや子供を入れて約五千人だそうだ。

少ないという言葉では済まない。

そのうちの三千人が困窮していて助けが必要なんだから、この島に未来などない。

村には、身分的に裕福な人達が残っており、元凶である族長一族とその手下達を入れると二千人くらいになるらしいが、割合がおかしすぎる。支えきれるわけがない。

まあ、族長勢力の兵達は、普段は狩人として獲物を狩っているらしいので、全てをこの場の人達が支えていたわけじゃないみたいだけど、それでももう滅亡寸前と言っていいんじゃないかな。

僕が憂鬱な気分になっていると、アカネが尋ねてくる。

「畑の浄化はどうするの？」

「汚染されていない畑もあるから後回しかな。地下水脈の浄化は簡単じゃないしね。襲ってくる奴らを撃退した後で、多めに持ってきた湧水の魔導具を設置するかな」

問題になっている虫の魔物だけど、先ほど結論を出したように全滅させる必要はない。

鉱毒に汚染された場所は浄化するが、地下水脈さえ浄化しておけば、多分それだけで時間と共に落ち着くはずだ。

地下水脈に関しては、ノームやウィンディーネが汚染が広がらないようにしてくれている。

方法も含めて考える時間が必要だ。

その間の水に関しては、湧水の魔導具があれば大丈夫だろう。

とはいえ、島民から何もかも搾取する族長勢力がそのままじゃ、湧水の魔導具なんて設置できない。

確実に奪ってくるだろう。

「撃退するの？」

「……撃退だろう。相手は人だしね」

アカネが確認する意味は分かっている。

今回、相手は魔物じゃなく人間だ。

勿論、僕は未開地でトリアリア王国とシドニア神皇国の連合軍との戦争にも関わったし、闇（やみ）ギルドなんかの裏組織とも戦った事がある。

それに邪精霊との戦い。シドニア神皇国崩壊の一因は間違いなく僕だ。

もう人ならざるモノだった勇者の二人の事も、僕が背負うべきだと思っている。

アカネは、それだけの修羅場を潜り抜けてきた僕に、殺さない事にこだわりすぎるなと暗に言っているんだ。

そのせいで、騎士団員や島民が傷つき、間違っても僕が手加減したせいで死ぬなんて事があってはいけないと。

それでも僕は可能な限り殺さず済ませるつもりだけどね。

もしもの時の覚悟は持ちながら……

◆

島の四方を治める族長達の兵が集結し、タクミと聖域騎士団の構築した拠点近くまで行軍するのに三日かかった。

それも仕方ないだろう。狭い島とはいえ千人を超える行軍となると、その兵糧の運搬も含め時間がかかる。

これが聖域騎士団なら、陸戦艇サラマンダーで三時間もかからない距離なのだが、この島では権力者が乗る騎獣が僅かに存在するだけで、基本的な移動は徒歩のみだ。

当然、兵士もほぼ歩兵で、族長と側近が騎獣に乗る。

歩兵の装備も魔物素材から作られた槍を持つ者と、腰にマチェットのような形状をした鉄製の剣を佩き弓を持つ兵士がいる。

この鉄製の剣を持つ兵士の人数が各集落の力の象徴になっていた。

タクミ達の拠点が目視できる場所に布陣する族長勢力の軍。

「あんな防壁を短時間で造ったのか」

「あのデカイ鉄の箱が、騎獣がひかなくても走るヤツだな」

「なに、防壁といっても隙間があるじゃないか」

「ああ、それにそんなに高くない」

何もなかった荒地が広範囲にわたり整地され、そこに多くの建物が並び立つのは報告を受けていた。しかし、防壁は聞いていない。

それに建物にしても、簡素な小屋のようなものだと勝手に想像していた。

この島の島民の住む家が、ボロボロの小屋のような家だから、そんな建物を想像していたのだが、実際立ち並ぶ建物は、大きさはともかく、その見た目は族長の住む屋敷より立派に見える。

実際、色々な魔導具が設置された仮説の住居は、族長達の屋敷よりも圧倒的に快適なのは間違いない。

「弓持ち、構えろ」

族長の一人が弓を持つ兵に指示を出すと、彼らは一斉に矢をつがえる。その鏃(やじり)は何かで濡れていた。毒矢である。

この島で狩りにも使われる毒矢で、一定の時間で効果がなくなる麻痺(まひ)毒だが、普通の人間では呼吸困難に陥ったり、心不全を引き起こす可能性がある毒だ。十分な殺傷力はある。

とはいえ、避難している島民は別にして、タクミやアカネ、ルルは勿論の事、聖域騎士団にもこの島基準でいう普通の人間は存在しないので、この程度の毒矢ではほぼ影響はない。

さらに族長達は別の意味で目を見開く事になるのだが……

「放て！」

曲射で放たれた大量の毒矢が、透明な障壁に当たりパラパラと落ちる。目の前の光景を理解出来ない族長が叫ぶ。

「射てっ！　矢が尽きるまで射ち続けろぉ！」

もはや悲痛な叫びと化した指示により、何度も矢が放たれるも、防壁の中に矢が通る事などない。

聖域騎士団には、近接戦闘を専門とする騎士と、魔法による攻撃とサポートを担う魔法師団が存在する。

早い段階で、接近する敵の方角を察知したタクミとガラハットは、適切な人員を敵の側に移動させていた。

矢や魔法がどれだけ降り注ごうとも数日は余裕で防ぎきれる。

「ちくしょう！　突撃だ、野郎ども！」

ことごとく矢が防がれ、苛立ち焦れた族長が突撃の号令をかける。

そしてついつい余計な事を口にしてしまう。

しかも大声で。

「手足を切るくらいは構わねえが、女は殺すなよ！」

その一言で、聖域騎士団の団員だけでなく、アカネとルルが激怒したのは当然だろう。

襲撃者達の未来が、より苛烈なものに変わった瞬間だった。

族長達は疑わない。

数の暴力が全てだと。

ただ、それが間違いだと直ぐに理解する事になる。

族長勢力の兵が持つ主力武器は槍だ。

思い思いに駆け出す槍兵の後ろに続くのは、慌てて自慢の鉄製の剣に持ち替えた弓兵。

そして、奪い尽くせるとほくそ笑む族長達。

族長達の意味不明な自信と余裕が、聖域騎士団と接敵した瞬間、粉々に砕け散る。

30　撃退

待ち受ける僕達への初手は矢による奇襲だった。

まあ、随分と前から動きを察知していたので、奇襲とは呼べないかもしれないけれど、問答無用で矢を射かけたんだからそう言っていいだろう。

魔法師団と僕とアカネの魔法障壁に阻まれ、放たれた矢はパラパラと落ちる。

落ちた矢をチラッと見ると、鏃が濡れているのに気が付いた。

いきなりの奇襲攻撃に加え、毒矢を使う奴らに、皆んなが怒ったのが分かる。

「タクミ！　奴ら、島民もいるのに毒矢って、どうなのよ！」

「……ギッタンギッタンにしてやるニャ」

ほら、特にアカネとルルちゃんが激怒している。

「あ、アカネ、出来るだけ抑えてね。ルルちゃんも」

「分かってるわよ。極力魔法は使わないわ」

「ルルも、ナイフは使わないニャ」

「そ、それなら大丈夫かな」

アカネは愛用の杖を脇に構え、ルルちゃんは胸の前で拳を打ちつける。

そんな時、余計な声が聞こえてしまった。

「ちくしょう！　突撃だ、野郎ども！」

ことごとく矢を防がれ、苛立った族長が突撃を命令したんだ。

ただ、その後が良くなかった。

「手足を切るくらいは構わねえが、女は殺すなよ！」

「ルルッ、行くわよ！」

「はいニャ！」

「あっ！」

アカネが駆け出し、バリケードとして置いてあったサラマンダーと防壁の隙間から外へと飛び出していった。

それに呼応するように、聖域騎士団の精鋭が駆け出した。

多分、族長の一人だろう男が発した言葉は、アカネやルルちゃんだけじゃなく、聖域騎士団全員を激怒させた。

今回、この遠征に出陣している聖域騎士団は約三百人。

およそ千五百人集めた奴らと比べると、人数では向こうが圧倒的に上だけど、五倍程度の差なんて意味がないくらい、レベルも装備も奴らとは全てが違う。

その結果は、一方的な戦い。

こっちがその気なら蹂躙と呼べる結果になっていただろう。

おっと、僕も働かなきゃ。

皆んなの後を追って防壁の外に出た僕に、矢が数本襲いかかる。

飛来する矢を抜き放った二本の愛剣で斬り捨てる。

聖剣ヴァジュラと聖剣フドウ。

光と雷の属性を持つヴァジュラと、光と火の属性を持つフドウの二振りの聖剣。この島の戦力を相手にするには過剰なんだけど、扱い慣れた剣の方が手加減もしやすいんだ。

矢を斬り捨てた僕は、フドウを腰に納め、ヴァジュラを右手に駆け出す。

突き出される槍の穂先を避けながら切り、間合いを詰め、左手で掌底を打ちこむ。

勿論、手加減に手加減した一撃だ。本気なら弾けてバラバラの肉片になりかねない。とはいえヴァジュラで峰打ちなんて危ない。

ヴァジュラとフドウは片刃だし、素材がオリハルコン合金なので少々乱暴に扱っても平気なのだが、峰打ちでも相手が持っている鉄の剣より遥かに強い攻撃になるからね。

相手の攻撃を避けながら掌底や蹴りで無力化していく。

ローキックなんか手加減していても一発で脚の骨を折ってしまうけれど、僕達を殺し、女性の団員を攫うつもりで襲いかかってきているんだ。

因果応報、自業自得だ。死ぬよりはマシだろう。

周りを見渡すと、聖域騎士団が縦横無尽に駆け、襲撃者達を蹴散らしている。

槍や剣も騎士団の盾を強く当てると、穂先や剣身が砕け折れる。

盾を持たない騎士団員も、その鎧に攻撃が当たる事はない。そもそもの自力が違いすぎる。

レベル差により身体能力に大きな差がある。それに聖域騎士団にレベルに驕る人間はいない。常に各種戦闘系スキルを研鑽する事を忘れない。

たとえまぐれで攻撃を当てられたとしても、装備する防具も材質は大陸一だし、それに付与されている魔法も合わせると擦り傷一つつけるのも難しい。

聖域騎士団の団員達は心配なさそうだ。そう思い、さらに視線を前方に移すと、アカネとルルちゃんが大暴れしていた。

純粋な魔法使いタイプのアカネだけど、今日は杖術一本で片っ端から蹴散らしている。

ルルちゃんは手に革のグローブのようなものを着けている。多分、レーヴァが作った装備だろう。

そうなるとその革は間違いなく上位の竜種だ。今のルルちゃんが本気で殴れば、奴らの胴体に風穴が空くだろうな。

そのルルちゃんは、猫の獣人族である種族特性を活かした超スピードファイター。襲撃者達は、彼女の姿を捕捉する事も出来ず、わけも分からず吹き飛ばされていた。

小柄なルルちゃんが、パンチやキックで花火のように大人の男を打ち上げ、そいつらが地面に叩きつけられる光景はマンガみたいだ。

そんな光景を視界の隅で見ながら、僕も手近な奴を相手取る。いや、基本一人一撃なので相手取るってほどでもないかな。

族長勢力による襲撃は急速に収束していく。

それはそうだ。人数が五倍だったとしても、僕達が一人頭五人倒せば終わるんだから、あっという間だ。

地面に転がる襲撃者達を見渡し、大声で命令を下していた男達の姿が見えないのに気付く。

するとスッキリしたようなアカネとルルちゃんが近づいてきて教えてくれた。

「族長達でしょう。開戦早々に逃げ出したわよ」

「ああ、騎獣に乗ってたもんね」

それぞれの地区の族長達は、あまりの力の違いに、開戦早々に逃げ出したという。アイツらと取り巻きだけ騎獣に乗っていたから逃げ足だけは速かったみたいだ。

「タクミ様、追っかけるニャ？」

「いや、いいよ。後片付けが先だね」

ルルちゃんに聞かれ、僕は首を横に振る。

そして地面に転がる大勢の襲撃者を見て溜息を吐いた。

「そうよね。面倒だわ」

アカネもうんざりした表情だ。

重傷者が多いし、亡くなっている者も残念ながらいる。とりあえず、そのまま放置すると死にそうな奴らへ、僕とアカネで最低限の回復魔法をかけていく。

そこにガラハットさんがモルド神父やシスター見習いのコリーンちゃん、他の地区の教会関係者の人達を連れてやって来た。

「襲撃者達について、今後の話をしようと思っての」

ガラハットさんが、騎士団員がひとまず拘束している襲撃者達の処遇について相談してきた。

「ああ、そうですよね。このままってわけにはいかないか」

「はい。私達には戦う術がありませんので」

モルド神父は自分達には荷が重いと困り顔だ。

それはそうだよね。聞くところによると、この襲撃者の大半は各地区の族長達の私兵だけど、中には無理やり徴兵された人も交ざっているそうだ。

狩りの腕が良い島民は、それなりに優遇されていたらしく、そんな人達は小競り合いの時の臨時の戦士として徴兵されるんだとか。

「しかし族長達の私兵の中には、非道な振る舞いをしてきた者も少なくないのです」

「うーん、このまま残すのは問題か。でも貴重な労働力でもあるんですよね？」

「いえ、彼らは自分達のためにしか狩りをしませんでしたから」

「ならいなくなってもいいのか」

モルド神父としては、このまま集落が元の状態に戻る事の方を避けたいようだ。当然の話だね。

「シルフかウィンディーネに選別してもらうか」

「それがいいでしょうな。罪が軽く島に戻しても問題のない者と、罪が重くそのままでは戻せぬ者は選別せねばなるまい」

「ええ、それに逃げ出した族長達もそのままには出来ませんしね」

「うむ。まあ、そっちは急がんでもよかろう」

「はい。人数も少ないですから」

いつも精霊頼りなのは申し訳ないけれど、ガラハットさんと話し合って、シルフかウィンディーネに罪の軽重を判断してもらう事に決めた。

族長達は、それぞれ東西南北の自分達の屋敷に戻っている途中みたいで、もう纏まる事もなさそうだ。

だからといってお咎めなしには出来ないけど。

31　後始末は終わらない

敵の何倍もの人数で襲撃し、勝ちを確信していたはずの族長達は、それぞれ必死に逃げていた。

「クソッ！　あんなバケモノだなんて聞いてないぞ！」

空を飛ぶ巨大な鉄の鳥に乗ってくるような奴らだ。侮っていたわけじゃない。ただ、数で圧倒できると信じていた。そのため、貴重な毒矢を使い切るつもりで挑んだのだ。

だがタクミにしても聖域騎士団にしても、族長達のイメージ出来るラインを遥かに超えていた。

「何もかもが桁違いじゃねえか。大陸の奴らは皆んな、あんなんなのか」

聖域騎士団が大陸の基準だと誤解してしまった族長達。大陸への恐怖が刻み込まれた。

大急ぎで屋敷に戻った族長達は、残っていた家族や一族と手下に指示を出す。

「荷物を纏めろ！　食糧庫の食いモンも全部だ！」

族長達は、可能な限りの物資を島の北東の海岸へと運び込む。

そこは天然の造船ドックのような場所。各地区の族長一族しか知らぬ秘密の地。そこには、大きな木造船が鎮座（ちんざ）していた。

形としては、キャラック船に近いシルエットのこの船は、この島にたどり着いた祖先が遺したものを、長い年月をかけて改良し続けたものだ。

その性能は、幸運にも聖域近海に流れ着いた避難船とは比べ物にならない。

「水の積み込み急げ！　直ぐに他の地区の族長一族も来る。急げよ！」

言わずもがな、彼らはこの島から逃げ出すつもりなのだ。

小さな島で、自分達ではどうしようもない脅威に晒された時、どうするか。

逃げの一択しかなかった。

今さら、支配者という地位を退くなど考えられない。相手がどんな強者だろうと下げる頭は持っていない。

やがて東西南北の集落の族長一族が集まり、持てるだけの荷物を船に運び込み終わった。

「東は論外として、寒くなる北もないな」

「それを言うなら、暑くなる南もないぞ」

「西へ行くしかないな」

「ああ、それしかない」

皮肉な事に、日頃小競り合いを繰り返していた四人の族長も、この苦難の時に団結していた。

族長達が話し合っていたのは漕ぎ出す方角。大陸があると言われている東側はありえない。

実際、あの巨大な鉄の鳥（ガルーダ）は東から来た。

小さな島なので、南北による気候の差はないが、祖先から知識として受け継いでいる。

結果、消去法で残った西へと航路を決めた。

「錨（いかり）を上げろ！」

「帆（ほ）を張れ！」

一隻の帆船が島を離れる。

おそらく二度と戻らない旅路となるだろう。

タクミや聖域騎士団が立ち去った後、戻ってくるという頭は彼らにはない。

一度あれだけコテンパンにやられ、動かせるほぼ全ての兵を失った彼らに、従う島民はいないだろうから。

青い海の上、白い帆を張った船が西へと進む。行き先は天国か地獄か……

　僕とアカネは、四つの集落を回って確認していた。

「本当に島から逃げたんだね。まあ、その方が僕達は面倒がないからよかったけど」

「でも四つの集落にある倉庫の食糧はほぼ持っていかれたみたいよ」

「どうせ島民に分配する気のない食糧だから、最初からない物と思えばどうって事ないさ」

　四つの集落を治める族長一族が全員船で逃げた。食糧や財産を持てるだけ持って。

「西へ向かったみたいだけど大丈夫なのかな？」

「タクミったらお人好し（ひとよ）も大概にしなさいよね。島民を虐げた奴らだし、何より私達を襲撃してきた奴らよ」

「分かってるよ。でも女子供もいるみたいだし、どうしてもね」

　僕が族長達を心配する言葉を口にすると、アカネに呆れられてしまった。

「大丈夫よ。悪運なのかしらね。この島と同じくらいの大きさの島にたどり着くと思うわ」

「そうね。むしろこの島より環境はいいんじゃないかしら。勿論、一から開拓するのは大変でしょうけど。人数も五百人いないものね」

「シルフにウィンディーネ」

突然、僕とアカネの会話に加わったのは、大精霊のシルフとウィンディーネだった。

その二人が、彼らの悪運に苦笑いしている。

とはいえ、罪があるかないか関係なく、女性や子供に不幸な未来がなさそうなのはよかった。まあ、楽な生活とはいかないだろうけどね。

「ちょうどよかった。シルフとウィンディーネにお願いがあるんだけど」

「分かってるわよ。アイツらの選別でしょう」

「今回は、ノルン様からのお願いだからね。私達も協力は惜しまないわよ」

「助かるよ」

襲撃者の中で、このまま島に戻しても大丈夫な人と、罪を重ねすぎた人や、島に残すとトラブルのもとになる人は分けないといけない。

中には島民を面白半分に殺したりした奴もそれなりにいるからね。そんな奴は、犯罪奴隷として役立ってもらおう。奴隷商のムーランさんなら喜んで引き取りそうだ。

「でもタクミ、あの人数じゃムーランさんでも捌ききれないんじゃない？」

「パペックさんにも相談するよ。ボルトンだけじゃなく王都の奴隷商も使えば大丈夫だと思うしね」

パペックさんに相談すれば何とかなるだろう。

「そうね。後始末はまだまだでしょうけど、その前にタクミは地下水脈の浄化をお願いね」

「……分かってるよ」

そうなんだよな。

ここがいち段落したら、地下水脈の浄化を進めるためにも、聖域の工房に戻って地面の下を行く乗り物を造らなくちゃだな。

不死王はスローライフを希望します

FUSHIOU WA SLOW LIFE WO KIBOU SHIMASU

1~5

小狐丸 Kogitsunemaru

1~5巻 好評発売中!

最底辺の魔物・ゴーストとして異世界転生したシグムンド。彼は次々と魔物を倒して進化を重ね、やがて「不死王」と呼ばれる最強のバンパイアへと成り上がる。強大な力を手に入れたシグムンドは辺境の森に拠点を構え、魔物の従者やエルフの子供たちと共に、自給自足のスローライフを実現していく——!

●各定価:1320円(10%税込)
●Illustration:高瀬コウ

●各定価:748円(10%税込)
●漫画:小滝カイ ●B6判

異世界ゆるり紀行
子育てしながら冒険者します
1~15
水無月静琉
Minazuki Shizuru
シリーズ累計
110万部
(電子含む)
突破!!
2024年7月
TVアニメ
放送開始!!
(テレ東・BSテレ東ほか)
1~15巻
好評発売中!
コミックス
1~8巻
好評発売中!
子連れ冒険者の
のんびりファンタジー!
神様のミスで命を落とし、転生した茅野巧。様々なスキルを授かり異世界に送られると、そこは魔物が蠢く森の中だった。タクミはその森で双子と思しき幼い男女の子供を発見し、アレン、エレナと名づけて保護する。アレンとエレナの成長を見守りながらの、のんびり冒険者生活がスタートする!
転生したら双子を保護しました。
転生したら、幼い双子を保護しました。
みずなともみ
◉各定価:1320円(10%税込)
◉Illustration:やまかわ
◉漫画:みずなともみ B6判
◉各定価:748円(10%税込)

HIROAKI NAGASHIMA
永島ひろあき
さようなら竜生、こんにちは人生
GOOD BYE, DRAGON LIFE.
1~24
シリーズ累計
100万部!
(電子含む)
ネットで
話題!
2024年
TVアニメ化
決定!
コミックス
1~12巻
好評発売中!
最強最古の神竜は、辺境の村人ドランとして生まれ変わった。質素だが温かい辺境生活を送るうちに、彼の心は喜びで満たされていく。そんなある日、付近の森に、屈強な魔界の軍勢が現れた。故郷の村を守るため、ドランはついに秘めたる竜種の魔力を解放する!
1~24巻 好評発売中!
最強竜が人に転生!
「村人生活も悪くない」
待望のコミカライズ!!
20万部!
漫画:くろの　B6判

月が導く異世界道中
Tsukiga Michibiku Isekai Dochu
あずみ圭
Azumi Kei
1~19
8.5
シリーズ累計360万部の超人気作!(電子含む)
TVアニメ第2期
2024年1月8日から 2クール 放送開始!
TOKYO MX・MBS・BS日テレほか

月が導く異世界道中
あずみ圭
薄幸系男子の成り上がりファンタジー、開幕!
なんでだろう親の都合で異世界へ
読者賞受賞作!
待望の書籍化!

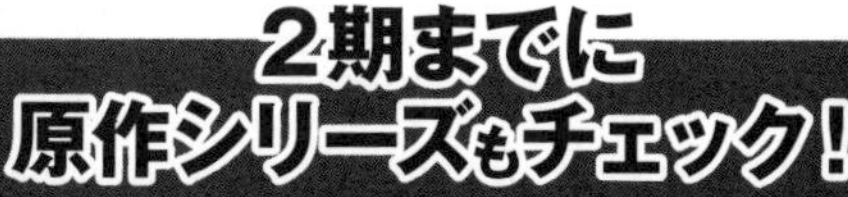

2期までに
原作シリーズもチェック!

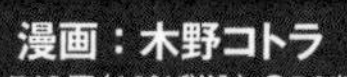

シリーズ累計
270万部！
（電子含む）

THE NEW GATE
ザ・ニュー・ゲート
01〜22

TVアニメ
2024年4月13日より放送開始！
（TOKYO MX・MBS・BS11ほか）

デスゲームと化したVRMMO－RPG「THE NEW GATE」は、最強プレイヤー・シンの活躍により解放のときを迎えようとしていた。しかし、最後のモンスターを討った直後、シンは現実と化した500年後のゲーム世界へ飛ばされてしまう。デスゲームから“リアル異世界”へ――伝説の剣士となった青年が、再び戦場に舞い降りる！

各定価:1320円（10%税込）
1〜22巻好評発売中!

illustration：魔界の住民（1〜9巻）
KeG（10〜11巻）
晩杯あきら（12巻〜）

コミックス
1〜14巻
好評発売中！

漫画：三輪ヨシユキ
各定価：748円（10%税込）

アルファポリスHPにて大好評連載中!

アルファポリス 漫画
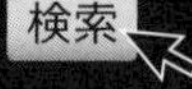

この作品に対する皆様のご意見・ご感想をお待ちしております。

おハガキ・お手紙は以下の宛先にお送りください。

【宛先】

〒150-6019 東京都渋谷区恵比寿 4-20-3 恵比寿ｶﾞｰﾃﾞﾝﾌﾟﾚｲｽﾀﾜｰ 19F
（株）アルファポリス　書籍感想係

メールフォームでのご意見・ご感想は右のＱＲコードから、
あるいは以下のワードで検索をかけてください。

ご感想はこちらから

アルファポリス　書籍の感想

本書はWebサイト「アルファポリス」（https://www.alphapolis.co.jp/）に投稿されたものを、改稿、加筆のうえ、書籍化したものです。

いずれ最強(さいきょう)の錬金術師(れんきんじゅつし)？ 16

小狐丸（こぎつねまる）

2024年 5月31日初版発行

編集－今井太一・宮田可南子
編集長－太田鉄平
発行者－梶本雄介
発行所－株式会社アルファポリス
〒150-6019 東京都渋谷区恵比寿4-20-3 恵比寿ｶﾞｰﾃﾞﾝﾌﾟﾚｲｽﾀﾜｰ19F
TEL 03-6277-1601（営業）　03-6277-1602（編集）
URL https://www.alphapolis.co.jp/
発売元－株式会社星雲社（共同出版社・流通責任出版社）
〒112-0005 東京都文京区水道1-3-30
TEL 03-3868-3275
装丁・本文イラスト－人米
装丁デザイン－AFTERGLOW
印刷－中央精版印刷株式会社

価格はカバーに表示されてあります。

落丁乱丁の場合はアルファポリスまでご連絡ください。

送料は小社負担でお取り替えします。


ISBN978-4-434-33918-9 C0093